The Jackpot

Yasutaka Tsutsui

ジャックポット　目次

漸然山脈　7
コロキタイマイ　31
白笑疑　59
ダークナイト・ミッドナイト　79
蒙霧升降　101
ニューシネマ「バブルの塔」　119
レダ　141

南蛮狭隘族　163
縁側の人　185
一九五五年二十歳　207
花魁櫛　225
ジャックポット　233
ダンシングオールナイト　257
川のほとり　273

ジャックポット

漸然山脈

焼酎を雪で割り、約二合飲んだその勢いで歩き出そうとしたものの、何しろ小さな女たちが肩といわず背中といわず胸といわず、上着の裾といわず足といわず無数にぶら下がっているので前へ進めず、大声で「ラ・シュビドゥンドゥン」を歌ってやる。この歌の嫌いな女たち何人かがばらばらとこぼれ落ちたがほんの数人だ。やはり淫蕩な重さで足が動かない。キンメルやスキタイやサルマータが儂を呼んでいる。行け、行け、せめて柔らかな血走り街道まで。それにしても何でこのような脱骨した天気になってしまったのか。持っているのはいかがわしくも香り高き謎また謎の先端の尖った昇峰用具即ちアルペンシュトック。ずぶずぶのズブロッカはロシア原産じゃないというが。そしてシャルロッカ。がぶがぶ飲んでズブモーニ。

話は二百二十四年昔へと遡る。それはまるで擂り下ろした大根入り滑子汁のようにしゅるしゅると遡行したのだ。もちろん儂はまだ生まれていず、それはイギリスが清国へジョージ・マッカートニーを使節として派遣した年だったのだが、儂の先祖はこの時、乾隆帝八十歳を祝うためと、オタネニンジンを購入するため広州に来ていて、偶然にも儂の先祖と巡り会った。彼男と彼女は巡り会った。つまりはここにひと組の男女関係が出来したのである。彼男も彼女も、つまりこの先祖の鴛鴦歌合戦はここで丸儲けした。つまりは大儲けして、大儲けしたことで明るく物寂しく時には蒼白い段取りを経て子孫にまで巨額の財宝を残したのだったが、その後の過程で、百五十五年経ったらまたどこかで巡り会いましょうと言って別れた夫婦もいることはいた。タイム・トゥ・セイ・グッドバイ。それでも儂の祖父などは袖口や懐中からのべつ馬羅痢馬羅痢と金貨を滝の如く落し続け流し続けながら魔都東京は台頭区上野近辺を彷徨していたというのだが、それは本当の話かと母御に問えば母御はすべての伝説どこ吹く風とばかりあっという間に情夫と逐電。

国民学校の校庭にいた二宮ソンタク。大東亜戦争で支那に負けた頃の日本は、まさに鐘撞き村のタケタケタケタケタケ、だから儂はいわば親にとって名前だけの揮発性バブルメモリーとも言えたのだったが、丁度その頃アラスカからどっと輸入されてきたむず痒く痛痒く眼の裏側から脳天にまで鼻孔を突く針葉樹の為に、当時の家業であった手工業の枕流しが横転へとゆるやかにゆるやかに転じかけていた。そんな時である。そなたの資産をすべて擲ってでも南極から山脈となって続く百名山を辿り、続いていなければそこに山を築き、子孫にまでも課題となる北極までの踏破を父に強制したのは誰あろう誰であったか誰でもよい、その道辿ればさのよいよい今宵程よい雪もよい、知ってか知らずか襞の内側の底や周囲に黒い斑点が見える氷の国、かくて伝統あるわが党のわが見解は禍福も知れぬ邪な蛮行となったのである。これを聞いていたのは誰かと言えば。

「その話は聞いたことがあります。あっ。その話は聞いたことがありません」

「いいや。その筋の者ではない。よいか。その筋の聞く耳は持たぬものなのだ。なぜ監視したかというと、被疑者だからだ。なぜ被疑者と判断したのかと言えば監視によってだ。当時イギリスは英仏海峡がトンネルで火花を散らしたばかりであり、爛れた眼、落ちかけた鼻、潰れた耳、割れた顎などを持て余しておった。つまり埃や醬油の匂いや染みのついた樽、段ボール箱などの積み重なっている行き止まりの路地裏であった」

「おお。おお。するとそこへ届けられてわれらを助けたのが即ちわれらが塩漬けの解凍術だったわけですね」

「はい。左様にござりまする。若様。今こそなすすべもなく術なきことでございますぞ。今こそ、今こそでございます。おお、言わぬことではございません。ああ恐ろしや、危険に御座ります。そこに巨大なる脊斑茶が現れました」

「わあっ。脊斑茶に巻きつかれた。骨が砕ける。呑まれてしまう。これ悟空や。助けておくれ。助けておくれ。ガンダーラ、ガンダーラ」

まことに中国というのは素晴らしいところだ。味の密かな魚が旨い。人情が滑らかに縛りつけてくる。何よりも山陽新幹線が幸あれかしと歌って通る。これが中国地方の奥の深井戸だ。人口が十三億七千万人というからいやはや瀬戸内海の魚介類も体環の子守唄なのである。とは言うものの、いやいやしかし中国というのは汚い土地だぞ。その魚をば洗いざらい全部喰う犬は喰う赤ん坊は売る海に基地は作る、まこと原爆を落とされ、さはさりながらそれはさておき強《あなが》ち剰《あまつさ》え骨だけのドームにされてしまうわ。いえいえ。ぴかと光れば終りです。ぴかと光れば終りです。何。自衛隊とな。違憲だという意見や異見はいけんのう。

「総理。あの野郎裏切りやがった。いい気になって分署分署などと喋りまくってやがるけど、どうします」

「びくともしねえよ。お前、乗せられちゃいけねえ。まあ、消しちまうさ」

「聞きましたぜ聞きましたぜ。総理はまるで大統領のような権力を目指してるんですな。いひひひひ」

「おい長官。今何か言って行っちまやがったやつはどこのどいつだ。畜生」

「自分じゃベテランだとぬかしてやがる新聞記者でさあ」

「糞ったれめ。何か悪いことしてやがるに違えねえ。調べてリークしてクビにさせろ」

「あらいけないわ。みんなどこかに従属しようとしてるだけじゃないの。三人ひと組で百二十組作って、徹底的に討論させた方が建設的じゃないかしら」

「総理。奴さん手前の派閥の人数増やそうとして画策してますぜ。抛っといていいんですかい」

「馬鹿野郎め。もうすぐ戦争って時に何してやがる」

戦争になるかもしれんって言うのにテレビのお笑い番組で脳天気に騒いでるやつ。まあそれが仕事だからしかたがないか。そのかわり戦争になればいい小説が多数出現するわけだしな。ああそれも昔であればこその話か。それならそこで取引きをしよう。OH、ディール、ディール、さらにはニューディール。取引き引越し取越し苦労。えっ。なぜにまた親子で取引きなどを。父親の名は正兼と言った。まさか、ね。ああ儂は蓼喰う虫であったのか。それでもあの時儂は彼女に惚れていたのだ。なのに口惜しや結ばれたばかりで破鏡とは。ああ破綻鏡《はたんきょう》、すべてはあの巴旦杏《はたんきょう》頭の親爺のせいとて儂は敢然とすべての代赭色の陰唇に向かう。その数九千九百九十人、憎しみと反抗と復讐の果てなむ国ぞ儂は旅行く。旅行けば駿河の観音奈良の大仏、中で寝ている天神さん。いやさテンジン・エベレスト。ひやあ。顔面一面に鬢、髭、髯が生えたぞ。いやこれは黴だ。アスペルギルス・フミガタス。ビニールハウス・ステータス。

この犬かい。売ってやってもいいが、この犬種は自殺するよ。そんな。あはは。一列になって宙を行くのはガゼルたち。細身の愛らしい濡れた黒曜石の瞳をしたガゼルの大群が亜茶濃茶亜茶濃茶行きつ戻りつしながら儂をモンゴル、チベット、インド、パキスタン、アフガニスタン、イラン、シリア、アラビアと運び、果てはアフリカにまで導いてくれるわい。その道中でトナカイに橇を曳かせたサンタとすれ違いざまハイタッチなどして、そして海原から生まれた赤裸の千鳥は遠く水平線の波の彼方に去るだろう。だからこそまたしても儂が増上慢に歌う歌は「ラ・シュビドゥンドゥン」なのである。健気なことにこの時わが社のセールスマンたちは内燃機関を受注していた。親から受け継いだことになるので仕方がなかったのだ。これはシェードランプに見せかけてその実アウトバーンも走れるという一種の小気味よい環太平洋協定の成立を見越してのことであった。

「違います違います、私はただあなたを褒め讃えただけなのです。この書類をお見せして証明したい」

「いいえわたしにはただの赤茶けた鉄錆色の壁にしか見えません。この半透明の細い細い針金はどこへ続いているのでしょうか」

「どこまでもどこまでも、ミニョンの空飛ぶペンギンたる岩燕たちが、君よ知るや南の極へと飛んで行くのだ。原作はゲーテだ」

「何言うとるねん」

「それは無論アルツハイマーの修業時代のことなのでしょうね」

「君は完熟タレントみたいに賢いんだなあ。凄いなあ。ぼくもそんな巨大な革のトートバッグを持ちたい持ちたい」

「過去は過去。毒素は毒素。甘えはいりません。そんな女はみな縮緬」

「そうですか。これまで私が思いつく限りのことはすべて漂流しておりました。あとはただ景色を聞いて討ち死にして兜の下のホトトギス。それはまるで兜の下のホトトギスのようでもあったのです」

南極。ここより南はなし。南へ行くとすれば縦に行くしかない。この難局は千日手ではあるまいか。決着つけるべしと感情奉行。南極星は見えぬものの南斗六星はピーコック。ゼウスがヘラに教えたのはここだったのだ。あの二人はここで逢う。百五十五年前の約束だったのだからな。あらもしかしてそれは私のことかもなどといい加減なことを言いなさんなお前。大量に右翼があらわれたがどうしようと困惑する儂。

ちぇっ。闇雲にドローンを飛ばして宅配便か。人手不足の言い訳か。マタニティグラスの船尾は毒舌篇だ。行く手にクック船長が測量機を持って立ちはだかり、その横で料理人が堕胎のレシピを読みあげる。なあに海底の山脈を辿ればよい。刺のような土地は氾濫また氾濫、洪水また洪水。今や大分水嶺だ。この宝石箱をコジアスコ。ウィルヘルムベルク即ち鉄血宰相による体制はミュンヒハウゼンかヒトラーか。否。否。彼は法螺吹きでも反ユダヤ主義でもなかったのだ。懐かしや父親が持っていたあの「ダーウィン伝」と「ビスマルク伝」は二冊が同じ箱に入っていた。怒濤の北上をする儂はゴジラか。トゥランドットよ誰も笑ってはならぬ。怒るでない怒るでない。人生は過ち、臨界局面。未来から見ればそれもまた川の流れれ流の川たまもれそばれ見らか来未。面局界臨、ち過は生人。いなでる怒いなでる怒。ぬらなはてっ笑も誰よトッドンラゥト。かラジゴは儂るすを上北の濤怒。たいてっ入に箱じ同が冊二は「伝クルマスビ」と「伝ンィウーダ」のあたいてっ持が親父やしか懐。だのたっかなもで義主ヤダユ反もでき吹螺法は彼。否。否。かーラトヒかンゼウハヒンュミは制体るよに相宰血鉄ち即クルベムルヘルィウ。コスアジコを箱石宝のこ。だ嶺水分大や今。水洪たま水洪、濫氾たま濫氾は地土ならよの刺。いよばれ辿を脈山の底海にあな。るげあみ読をピシレの胎堕が人理料で横のそ、りかだはち立てっ持を機量測が長船クックに手く行。だ篇舌毒は尾船のスラグィテニタマ。か訳い言の足不手人。か便配宅てしば飛をンーロドに雲闇。っぇち

　儂るす惑困とうよしうどがたれわらあが翼右に量大。前おなんさない言をとこな減加いいとどなもかとこの私はれそてしかしもらあ。ならかだのたっだ東約の前年五十五百。う逢でここは人二のあ。だのたっだここはのたえ教にラへがスウゼ。クッコーピは星六斗南ののもぬえ見は星極南。行奉情感としべるけつ着決。かいまるあはで手日千は局難のこ。いなかしく行に縦ばれすとく行へ南。しなは南りよここ。極南

　南極。ここより南はなし。超人ハルクの肩の肉でも噛み千切り毟り取れそうなチタンの義歯を上下カチリカチリと装着し、改めていざ出陣。ウォーカーズ・ダイジェスト。カン

ドンベ、ガウチョ、フォルクローレ、ハバネラ、ミロンガ。かくて独裁者の大量名産地に上陸。はてさてポピュリズムとは何か。政治的な悪い意味では大衆への迎合になるだろうが、文学の世界では俗情との結託として文学者のやってはならぬこととされているものの俗情と結託しなければ成立しない物語や歴史もあるのだ。それを否定したら政治家と作家の大半は消滅。チリの地理は地の果て。そこに立つは石の歩哨だ。勧化《かんげ》して手にナインの島は空中に延びる老いたる楼閣。狂え狂え国境の遺跡群よ。マチュピチュマチュピチュピチュピチュマチュピチュ。

「わんせまりあゃじうそ。あら失礼。そうじゃありませんわ。まったくあなたって人は一事が万事のビーバップなのね」

「おお怖。おお怖。貴女様は瞬殺女。儂は具現山神妙寺じゃ」

「わたしを捨てて何言ってるの」

「罪悪感で溺れそうになっているんじゃ。これ見てくれ。この儂の頭部はほとんど球形脱毛症。とほほほほ」

どこまでも突っ走る精神異常のラマを売りつけられて、山からサンバ、海からボサノバがやってくる街までつれて行かれ、もういいからやめろ、お前はチベットに帰るんじゃないのか。

アマゾン流域の奥地にて。

「あなた方は何ですか」

「われわれは『ロケ隊魔境へ行く』という映画を撮影に来たロケ隊です」

「ここは魔境ですか」

「放射性廃棄物がこの奥地に不法投棄されたのでこの辺の動植物がみな異常な形態になったため魔境と呼ばれているわけです」

「ははあ。そういう話なんですね」

「そうです」

「あそこにいる肥った女の人は誰ですか」

「しいっ。主演女優なんですが、今は気が違っています」

「なんで気が変に」

「もともと病的な蛇嫌いだったのですが、ここで体が通常の五倍あるアナアナアナアナアナアナコンダに遭遇してああなりました」

「そんなアナコンダがいるんですか」

「言ったでしょう。すべての動植物が異常な形態になって、例えばこの辺り一帯一路の穴だらけの地面はピパの背中です」

「そういう映画なんでしょう」

「そうです。だからこそここで撮影しているんです」

「撮影しているようには見えませんが」

「照明器具や録音機材などもみんなアナコンダに呑まれてしまいまして」

「それじゃ監督は困るでしょう」

「監督も呑まれてしまいました」

「では、早く助けなければ」

「腹を裂く。腹を開いて監督を出せばいい。それはわかっています」

「ああそうか。そういう話なんですね」

「そうです。あの、ひとつお願いがあるんです。あなたに主演してほしいんですが」

「いやいや。アナコンダの腹を裂くなんてこと、儂にはできませんよ。それよりもこれは映画の話なんですか現実なんですか」

「ニュアンスで御座んす」

マコンドはまだ発展しつつある。遠い昔のあの午後を思い出しているアウレリアーノ・ブエンディーア大佐。この川の失われた足跡はドン・ヘロニモ。髪が伸びたのでインディオがやっている理容店に入ったものの、洗髪する時に耳の穴へいっぱい水を入れやがったので、水を吸い取るための綿棒はないかと訊ねるとそんなものはないと言いやがったのでそのまま店を出たのだが、そのあと水が腐ってきて、そこにナラヤマブシムシ学名ハルマフジレス・キセノサスという悪い虫が入り込んで卵を生みつけ、その卵が孵って幼虫が鼓膜を食い破り、侵入した脳内でトライアスロンや近代五種をやりはじめたため儂は気が狂った。これはもう国連の安全保障理事会に働きかけて。おおいサンチャゴ。老人と海やってないで儂を助けておくれ。

美しい妻であった。今ここにいてくれたらどれほど嬉しいか。心のうちで手を合わせ、そして船は日本軍が爆破しようと計画した例の運河を行く。運河を流れて行くのはピュリッツァー賞の実はわが先祖もやっておった資産隠しの文書に他ならない。あの祖父さん、晩年は頭がおかしくて何を言っているのかわからなかったが、よく聞いておけばあとで役に立ったり救われたりもしたものだ。その後アニメのニュー・キャラクターとして有名になったが。

タラマンカからチリキ又の名バルー。ああ豊かなる海岸。サルサやメレンゲを聞きながら桃蜻蛉で麻薬の売人に追われたりもする。そうだった。ここで台湾は中華民国として承認されていたのだ。殺人殺人、強盗強盗とプンタのリズムが奔流となって治安の悪さはワースト入り。死は近きに在り、されど天国は遠く地獄は並走している。その横町は死だ。恐ろしさで腹具合がおかしい。胃袋が裏表。胃袋寝袋頭陀袋、手袋コブクロ福袋、戸袋地袋池袋。このエルサルバドルはサンサルバドル、サッカー戦争はまだやっているのか。火山から火山へと飛び石づたいに行かねばならない。またあの不吉な和音が響いてきたぞ。ディミニッシュ、ディミニッシュ、ディミニッシュ。ああその歌はもうご免だ。世界はまだ冬になったばかり。一月の鶴、二月猪、三月目白、四月は仔馬で五月蠅い五月蠅い。おおアストゥリアス。マリアッチやランチェロに乗ってボガートやヒューストンと共にシエラ・マドレを行けば脱皮して弓と竪琴や何やかやで文学賞。山間で三寒四温。テキーラを飲めば太陽がいっぱいでピラミッドもいっぱい。しかし体力が古壁の表面のように剝落し削り取られていく。もう若くはないのだぞと耳もとでじんじん。重い足はもう錯覚と空想力によってしか動かない。哀れや自殺犬ペロー。なんだか自分が死んだみたいだ。

壁のない国境だ。当然オバマ・ケアとは無縁であってただちに高額の治療費を請求される病院で頭を切開してもらい脳味噌を自然に晒して毒虫を二百四十八匹ばかり取り出してもらった。明晰なる知能は戻ったか、それとも戻っていないのか。あの文化的な家には天然バウム一家が住んでいる。文明の灯は遠くに、近くに。船漕ぎ虫が青い窓小窓の電気とテーブル掛けに吸い寄せられて。グランド・キャニオン・ウエストは食べて食べてと岩壁のバウムクーヘン。尾根を、稜線を、農は馬でかっぽかっぽと闊歩する。さあ評決だ、評決だ。相手に聞き取れる程度の呟き。聞き取れぬ呻吟。今は昔の甲論乙駁。農の盲腸こそが盲点であったか。浜寺にもこんな海胆《うに》がいたなあ。食品会社をやっている小企業の社長だった福原という大嫌いな男を思い出した。あのニンニンニキニキ・ニンニキニキニキといういやらしい一人踊りをまだ続けているのだろうか。縦方向に切り裂けば阿呆が身を焼く身を焦がす。恋のすずめ。このお宅の庭のバーベキューは狂牛の丸焼き。

「あの、食べて別状ございませぬか。別状ございませぬか」

「いいやあんた。帰するところは聴力障害者にも聞こえるようにすることとなんだよ」

「ご覧なさい。モンティ・バンクスが無理矢理ロッキー破りをしております。彼と共に行こうではありませんか」

「ああこんなところであなたのような巨根に遭遇して。タッチ・ミー・ナット、タッチ・ミー・ナット。儂は鳳仙花。どうするか何をするか。あなたは儂を犯す。許せ。儂は切れ痔で便秘」下半身血まみれで号泣。谷底で洗う患部。あとあとにまで残るえらい虎馬だ、虎馬だ。「完治には何年かかかるだろうね。なんとあれはビッグフット。雪男だった。あいつ儂に名刺をくれたよ」

「二十日鼠と人間とチャンドラーとハメットとディックと武功スキーとベティとミッキーと小さな世界だ」

「そうとも。白雪姫だってうんこはする」

「ヘイ柔道ロウ、狼役はどうだったね」

「はい。このあたりの法廷伝染病は離魂病とラスベガス依存症であります」

「いや。わたしゃ綿吹き病じゃない。カジノでお手拭き業と蛸吹き業を営んでいる者でしてね。ああ。あれは世界一巨大なルーレット即ちサイコロトロンです」

フォーリーズ・バジェーで歌う二日酔いのディノ。怪傑とて解決しない壊血病金欠病。

もし罪を担えれば志摩さんも縞さんも三井不動産からの連絡はなく小浜さんは荻生徂徠。知事は離婚したからとは言えあんな小さな娘を記者会見につれて来てはいかん。泣きわめいてどうにもならんではないか。言い聞かせるったって、どう言い聞かせるんだ。虎か。魔都には佐野君と武田君が行く。置いて逝く樹と異なことを芯から価値なき氷見の峠で傑作と後の世では。そうか連れて行けと言ってまた泣きわめくのか。それなら知事をクビになると言ってやればよい。何クビの意味がわからんのか。クビとはそれを話す間にテクノの李と真の意味もわからぬ。そんなら貧乏になってこの大きな公邸には住めなくなると言え。貧乏の意味がわからんのか。では1DKの部屋に移れ。それで娘も懲りるだろう。世の知識人は総入れ替えだ。入れ場所が違えば鶴の頭も黒くなって染みができる。いやはや猫枯れ時だなあ。ここに馳せ参じたのは初音ミク粗大なるミス。他にも狭い身の細る晩稲もあります。

いつ国境を越えたのか。あまりにも益子焼きな幸福は破れやすいのかもしれない。もう飲茶は不要。朽ち果てた市街地には小佐野君と行ったが儂は高木君の方が好きだった。竹と油の関係であり、友であった。無料のジャズフェスを三カ所ほどまわって地ビールを飲めば尻の機能も低下する。マリオや侮弄ティガンと共に星を背にして珈琲飲めば、そこには柔らかな柔らかなミクロのビルがどんどん建って行くのだ。このあたりは今もゴールドラッシュで酒場にはジョージア・ヘイルがいるのか。さらに国境を越えればビングとボブがいるのか。その仕組みは砒素千鳥。苦心して手の伸びるまま支配するという掟なのだろう。鰤ティッシュ・転んビア。晩食う婆。熊と寝たのかドロシイか。ここは七百二十万ドルの巨大な冷蔵庫である。寒ければ凍死の恐怖で眠りもままならず、たまに暖かいところで眠れば覚醒した時に長い長い時間の経過を身体で感知できるのだ。

カナダの彼方。渡るまいぞアリューシャン列島。故郷に近づいてしまうではないか。この小手を面を打ち、とまれ雑駁な場所と時間との巍巍たる峰と嶺と峯とを過信するな。この海峡を芋食いつつ渡ればロシアと聞く。それに比べて簡易なボーリング海峡。否。否。行きかけた儂を儂が引き止めて、おうい引き返すぞ。しかしここから先は島ばかり。ろくな山もない。何が緑の大陸だ。木戸に照りつける太陽の真似。天のオーロラたるや薩摩の美人は句点、句点の体言止め。だが行かねばならぬ。

パンの表面にくっついているようなあの黒い罌粟粒《けしつぶ》なんかじゃなかった。飛んで来て全身にくっついているこれは女だ。九千九百九十人の小さな女が次つぎと取り憑いてきて、儂が退くときは理沙も香奈も真衣も友梨もその他その他も未婚非婚既婚禍根の闇を照らすなと絶叫する。雪の中氷の上、儂の足は鉛となり骨はアルミとなり膝はくすくす笑い、ついにはげらげらと笑う。すでに純白の白き世界であり、一本の木もなく子守りの認可を楠君は待ちなさい。女たちはみな零れ落ちてそうだともせめて身軽になりましょうぜ。氷原に黒衣纏って立つ男言うまでもなくあれは死だった。死の彼方は漠漠漠漠漠漠漠漠漠漠漠漠寞寞寞寞寞寞寞寞寞寞寞茫漠寂寞。

思い返せば九十九折に迷いあああっちの方が高いこっちの方が名山じゃと引き返したりして行ったり来たりそれでもなんとか踏破した。いってみようかGO。ビンソン、フィッツ・ロイ、チャルテル、サンバレンティン、トロナドール、オソルノ、アンツコ、トゥプンガト、アコンカグア、メルセダリオ、ピシス、インカワシ、コピアポ、ユヤイヤコ、リカンカブール、ミスティ、コロプナ、パスコ、ワスカラン、チンボラソ、コトパクシ、ガレラス、ネバド・デル・ウイラ、コクイ、ボリバル、クリストバル・コロン、ネバド・デル・ルイス、トリマ、バルー、チリポ、ムエルテ、サンクリストバル、モモトンボ、モゴトン、エル・ピタル、アグア、タフムルコ、フエゴ、アカテナンゴ、サンタマリア、タカナ、ピコ・デ・オリサバ、ポポカテペトル、ネバド・デ・トルーカ、パリクティン、イスタシワトル、コリマ、テレスコープ、ホイットニー、ライエル、ウィリアムスン、ソノラ、ラッセン、シャスタ、シャスティーナ、モーガン、デュボア、ホイーラー、キングズ、エモンズ、ボールデー、テーラー、シエラ・ブランカ、トルチャス、ブランカ、エルバート、マッシブ、パイクスピーク、ロングズピーク、フリーモント、ガネット、グランドティトン、フッド、アダムズ、セントヘレンズ、レーニア、オリンポス、ベーカー、クインシーアダムス、クロウフット、コロンビア、ロブソン、ホワイトホーン、ブライス、チャーチル、フェアウェザー、ローガン、セントイライアス、バンクーバー、ソールズベリー、リダウト、トライデント、デナリ（マッキンレー）、イリアムナ、パブロフ、ブラックバーン、ボナ、ヤービス、リダウト。

勝てんなあ。ナマは茎。乗り換えだ。巻き寿司の野菜なら外間は干瓢。氷の家。雪原を歩き続ける儂。あら。コマメに、コマメに水分を、コマメに摂りましょうね。早くも北の極。ここより北はなし。青い青い仲間は儂の敷地の中にいたのか。白い白い痛さの分岐。この辺に宿れる場所はない。見渡す限り何もない何もない何もない。底なしの寒さに凍りついて凍てついて。極地点にこっちを向いたまま点として立つのは白衣の女か看護師か。もしや氷の女王か。顔立ちが見えてきたぞ。ん。誰かに似ている。

「なんだ。お前か」

「あなた」

ラ・シュビドゥンドゥン。

ラ・シュビドゥンドゥン

作詞・作曲　筒井康隆

※使われている歌詞は、普遍的にジャズ歌曲に頻出するものですが、
文法的にもおかしく、意味不明になることを承知で意図的に用いています。

I can love you anything

I can love you anyone

I can love you long long time

I can love you anyhow

I can love you anyway

I can love you long long time

ああ　君のあと　ラ・シュビドゥンドゥン　ラ・シュビドゥンドゥン
ああ　ついて行く　ラ・シュビドゥンドゥン　ラ・シュビドゥンドゥン

I can love you anything

I can love you anyone

I can love you long long time

I can love you anyhow

I can love you anyway

I can love you long long time

ああ　黒い影　ラ・シュビドゥンドゥン　ラ・シュビドゥンドゥン
ああ　どこまでも　ラ・シュビドゥンドゥン　ラ・シュビドゥンドゥン

Intro A B Intro A B B B CODA F.O.

ラ・シュビドゥンドゥン

Yasutaka Tsutsui

コロキタイマイ

冷たい汗を掻きました。とろりとろける甘美な罪と、野に苦き破損を捉えて任せた疎なる罰と。罰かこれは。タッチパッドに触れる指先がちょっとすべっただけだ。タッピングしてしまいカーソルがねずみ取りに引っかかれば不穏党という変な党の党員になってしまって二度と恐ろしい罠から抜け出せず以後は思考も行動もままならぬ。おとといは下り坂セックスナインというファンがひとりもいないグループの握手会に行かされて好きでもない娘と握手させられ、昨日はホラーハウスで死体をやらされた。どうなることかどこへ行くことか。無理数未知数有理数そして不条理変数。数式の中からぼんやり浮かびあがってくるストーリィとテーマ。やらされる者にとっては堪《こた》えられぬ耐えられぬ。頭の傷はおとといの五月五日の背比べ、鉈を振り振り兄さんが歌ってくれた「猫の舌」。償還させられた揚句共に裾を払いつつ召喚されたそれは袖引き網漁船の船長でもあった。可視化見える化ことばの劣化。これぞ快心の回心である。被災地は避難生活、こっちは通販生活。いやはや申し訳ない。おお恋人よ。ラヴレター・フロム貴女《あなた》。ナインの毛束は遺繰り派も馴染みの宿直であろうか。これは狂人ですら発狂する暑さだ。ひやーみどり色。夕暮れ菜でお茶漬けという健康食。プリンとプリン体、痛いのはどっち。壺中天と天中壺、大きいのはどっち。ピサの斜塔とバベルの塔、帰納的なのはどっち。おれが体験する感情は孤独なゴリラ。飲むサラダと食べるカフェイン。飲む苛性ソーダと食べる黴菌。

「あのなあ。このネタ、もう何回もやったんと違うかなあ」

「突然何言い出すねん。ステージの上やぞ。そんなこと楽屋で言えや」

「罪悪感とお払い箱。それを飛ばしては度し我体《がたい》」

「漫才やないか。漫才やないか。何回同じネタやってもええねん」

「あかんちうねん」

「何でやちうねん」

「これ漫才と違うねん。小説やねん」

「そやから小説の中で何回も同じネタやってる漫才ちうネタをやっとるんやろ。小説は何回も同じネタやってるちうことを一回書いたらええだけやろ。小説は何回も同じネタやってるちうことを一回書いたらええだけやけども、まさか小説家が小説の中で同じネタやってる漫才のネタ何回も何回も繰り返して書くか。そんな必要ないやろ」

「まあ最近は同じこと何回も反復する小説があるけどな。反復反覆その市と藩と区の区別だけでも的はずれのナチスやないか。反復する小説言うてもただ反復してもう一回反復しただけやったら感覚的には済《な》し崩しになってもとへ戻るだけやさかいな。その場合は何回も反復せなあかんねん」

「さっきからお前がやたら反復する小説反復する小説ちうて小説のこと気にするんは、お前が小説書いて文学賞貰うたからやろ」

「あっ。そんなこと言うたら、おれのモデルがあの人やと皆が思うてしまうやないか」

「違うんかい。漫才やってて文学賞貰うたいうやつは他におらへんぞ」

「違うがな。違うがな。まあ違うちうことはもうすぐわかるけどな」

「あのなあ、こんなこと言うてても何も面白うないねん。見てみい。お客さん笑うてへんやないか」

「さっき、わしが文学賞貰うたことお前が言うたらちょと笑うたで」

「あんなもんはほんまの笑いと違うねん。楽屋落ちやねん」

今からは昔、今も昔、今だから昔、今こそ昔、今そして昔の物語。初め軽口。天明の御代は江戸時代。まだ落語はなくて落語と書いても落し話と読まれた時代。今で言うなら前座の籠の池森助は今で言うなら楽屋にいる師匠連中、長老は嘲弄されるさだめ、それは即ち三笑亭可楽を筆頭に、朝寝坊むらく、林家正藏、三遊亭圓生、三笑亭可上、うつしゑ都楽、翁家さん馬、佐川東幸、猩々亭左楽、石井宗叔、船遊亭扇橋、さらには同輩たち、それは即ち低学年すずめ、安倍晋之助、近習平らく、桂禿団治、小間物家我楽多、正恩亭きむち、立川虎ん腑、柳家ぽまーど、菅の家閨房、月亭むらむらなどを高座でもって話題にして彼らのうわさ話や失敗談、さらにはデート喫茶通い下ねた暴言暴行不義密通重婚ストーカー行為などを次つぎと暴露に及んでこれが大受け。当然のことながら仲間うちからは総好かんを喰ってついには破門となったが、これが後世に及ぶ楽屋落ち本来は仲間うちにだけ通じる笑いが通人の客特定の客にも通じる笑いとなりついには知ったかぶりの客まで笑う笑いとなった歪んだ笑い特権笑い取り残されそうになった客まであわてて笑う笑い、即ち楽屋落ち発祥の顚末である。

「軍人合わせ」に「大元帥」はさすがになかった。金輪際借りは作らぬトム様ダム様キム様ジム様サム様ハム様ラム様ゴム様ガム様の反駁とともにスベトラーナは人手が要らぬ。あの列車は最終処分場へあっちじゃこっちじゃうちはいやいやと押しつけあっている間にデブリデブリと日本国中が犬の大便と核廃棄物と屍体と噂とひとつ目小僧の山だ。まずもって勝負という名の狂気。遭難という名の未熟。嫉妬という名の鯨飲。勇敢という名の錯覚。酒席という名の裸体。欲望という名の電車。過去という名の馬車。幼女という名の果実。世間という名の靴音。炎上という名の祭典。苦悶という名の悦楽。供養という名の忘却。罪人という名の誇示。実験という名の失敗。横断という名の事故。来世という名の虚無。劣情という名の正常。賢明という名の狡猾。混雑という名の冤罪。敗北という名の脱糞。野暮という名の激励。恐怖という名の失禁。殺される前の座り小便というのはな、温かくて臍の周囲にじわーと広がってなかなか気持がいいぞ。だがこの快感を人に伝えることはできない。殺されているからだ。

してして同じネタの反復とは。志摩の観光ホテルと駆使する利他的辞意は瀬の間に間に支持されている。これらは正確には反復にあらず。やる度に違うか同じか。観客聴衆の反応が同じならば反復か。場所、人数、出番、時間、虫の居所腹具合、捕まえどころと出来具合、実の所は懐具合など同じ反復二度とない。二度とないなら反復ではない。これは落語や漫才と同じく、演劇、人形浄瑠璃、能、狂言も然り、さらに言うならまあジャズには即興だのフリーだのはあるがほとんどの音楽の演奏とて同じアンチ反復なのだよなどとそれ言い出したら議論にならない。幕間の入りが蟇蛙、水慕う力は募る日は暮れる、土は墓だよおっ母さん、それを幕と看做せば梃子でも勝てない勝てないお清さん。そうじゃと今頃半七さん。イスラエルの寝たニヤニヤふふふふふ首相。いやいや今の日本の政治はポピュリズムなんかじゃない。ポピュラリズムです。今日は土曜日か。いや欠曜日。明日は家曜日か。いや睡曜日。

「お前らのどっちが十八禁銀銀だ」

「あなたがたは何ですか」

「わたしたちは刑事だがね」

「あっ。なんぼ刑事さんでもステージに出てきたらあきません。今は演奏中いや興行中いや本番中いやいやいやいや」

「十八禁銀銀はおれです。こっちは十八禁金金です」

「よしっ。窃盗容疑で逮捕する」

「ほらな。おれとあの人が違うことわかったやろ。あの人はお笑い芸人で作家やけど、泥棒はせえへんから」

「おっ。お前はするのか。では罪を認めるんだな」

「ほほう。君は泥棒でしかも作家か。まるでジャン・ジュネだなあ」

「あっ。ジャン・ジュネのこと、ようご存知で」

「何っ。共犯者がいるのか。よしそいつも逮捕する。居場所を言え。どこにいる」

「ええとあの人はたしか、生まれたのはパリで、そのあと母親に捨てられて田舎へ」

「そうそう。それから感化院に入れられて」

「そうか。感化院か。雀の子は雀の子か。鯰百まで蛙帰らずって訳だな。ええいどこの感化院だ。そこへ行って逮捕する」

「いやいや。あの人はそのあとで、もうすでに逮捕されてます」

「うん。でもコクトーやサルトルが請願して釈放されたんだ」

「ジャコメッティとも親しかった言うてましたな」

「何っ。そいつらも仲間か。その黒糖とか猿取るとか、それから何だと、雑魚なんとかという、そいつらはどこにいる」

「ええと、あの人らはだいたいにおいてパリに」

「困ります困ります。ここは舞台の上やさかい、あとにしてください」

「何を言っておる。ここは取調室だ」

「あっ。いつの間に」

「ほらな。小説ではこれが出来るねん。登場人物は同じで背景が場所が舞台がころころ替わるちうことが」

「おいお前。お前こそ余計だ。取調室までついてくることはない」

「おれ相方やさかい、一緒におりますねん。そない言うたらだいたいおれとお前の関係は友か供か伴か鞆か」

　マイナーなものが名手の政治に咥え取られてすでに裸の子だ。ジュネほどの汚物が高貴に昇ることは滅多にないからな。芸術家は真実を語る嘘つきだと映画監督は言う。ゆっくり急げとも。ジャンつながりでコクトーが愛した役者はギャバンかマレエか。アラン・ドロンは「大腸がいっぱい」だ。便秘か。帰一包含《きいちほうがん》とセスナの祈り古式ゆかしく毎度毎度いいや場面転換と舞台転換は違う。舞台転換には転換稽古が必要だなどと言ってそんなことしなかったじゃありませんか。突然の転換で引っ繰り返りました。照明の点滅を利用したからでしょうね。フラッシュバック。ストロボ効果で発作。三歳で右目を失明して晩年には左目も失明。違う違う同じジャン＝ポールでも気狂いピエロではない。はい妻は居ります。菜食兼備のお肉いうてお笑い芸人です。ひとりで「トロトロトロトロ」なんてやってる、あの女です。おおっ美肌マグロだ。なだいなだ元防衛大臣がフェイク・ブックに載っていた。違う違うあれはいいだもももです。「斥候《ものみ》よ夜はなおロングロングタイム？」本当かなあ。戦争じゃ戦争じゃ。どんどんドネック、ドネックどん。ＩＳの拠点ラッカに向けてラッカ傘降下。ヘタレの松。恐ろしやネットに棲息する者。無名の怪、毒舌の妖《あやかし》。毒蛾の酢漬け。九千個の家族性大腸ポリープを摘出したお婆ちゃんが眼鏡の銀の上縁越しにじろり、とおれを見て言った。ふん銀銀、どうせお前もやがては泥棒じゃろ。周囲に散らばるエキホス中将湯ハリバ仁丹わかもとの知恵。先祖は日立常陸守や言うたやないか。そやけどなあお婆ちゃん。昔「肉体の門」でデビューしたことのあるお婆ちゃん。ああ泥棒はほんとはな、ほんまにほんまに美しいんやで。それがわからんとはなあ。ああそうじゃそうじゃ。先祖からこの十八禁家のたいていの者は泥棒じゃ。

「滅茶苦茶やないか。そんならおれの家も十八禁家か」

「こっちの刑事さんはインテリやさかい好きやけど、この刑事さんは嫌いや」

「何っ。それはわしのことかっ」

「ほらな。何人居って誰と誰が居って誰が誰に言うてるのかわからへん。だいたい会話になったら地ぃの文があらへん」

「だいたいのことはわかるやろ。会話ばっかりの小説なんぼでもあるで」

「おう。あれはモイズ・キスリング。それからマックス・ジャコブ。マヌエル・オルティス・デ・ザラテもいる。あれはアンリ＝ピエール・ロシェだ。それにマリー・ヴァシリエフ、アンドレ・サルモン。ならばここはカフェ『ラ・ロトンド』であることは間違いないな」

「そらもう恐るべき子供らやさかい、誰と誰が阿片のお見舞いに手を死なんす巫女は戻りゃんす。まだ中毒のままや。療養中や」

あれっ。お婆ちゃんが見下ろしとるで。パリまでついてきたんかいな。そうか。お婆ちゃんはもう死んだんや。シャトー・メルシャン長野メルロー＝ポンティはシモーヌ・リュシ＝エルネスティーヌ＝マリ＝ベルトラン・ド・ボーヴォワールと共に哲学上のお知り合いだが後に訣別。今はもはやビュビュ・ド・モンパル茄子の夜はいがいがどん、フランソワーズ左岸十四区のお墓の中。でもサルトルと論争していたクロード・レヴィ＝ストロースとも仲が悪かった。ミシェル・レオン・フーコーの振り子は渦電流の狂気。ロラン・バルトもルイ・アルチュセールもみんなお仲間であとはジャック・ラカンさんが揃うたら回そじゃないか。同じジャックでも、何だと、デリダとは誰だ。そして誰だあの「ガタリ、ガタリ」と歌っておるのは。フェリックスか。好きぞと言われて嫌いぞ。翌年の釜炊き飯と納戸式干し椎茸とがああ星の流れに身を寄せて。ノートルダム大聖堂。あの屋上に座っているのは蛾《が》あ後鋳《ごい》る。蛾あ後鋳る。傴僂男もいるぞ。原題に「傴僂男」なんて差別的な言葉はついてはいないが、あれはメイクか。チャールズ・ロートンの片目は頬にまでずり落ちていた。

「オノレ・ド・バルザックの葬式ではヴィクトル・ユーゴーとアレクサンドル・デュマが棺を担いだんだ」

「おっ。オールスター・キャストですね」

「初源的選択。サルトルはボードレールも評価している」

「ボードレールって板の線路か」

「そしてドラクロワを擁護。ポール・ヴェルレーヌはステファーヌ・マラルメやアルチュール・ランボーと共にその影響を受けて象徴派。ランボーとは痴話喧嘩をした末に拳銃二発を発射して逮捕。どうだね。アル中る乱暴とでも言うかね」

「そや。おれのお爺ちゃんはアル中やったんや」

「蟻じゃ。蟻じゃ。蟻の行列じゃ。かだらの中を二万三千匹の蟻が走りよるわ。かだらの豚じゃかだらの豚じゃ。ズンドコ管を膿白球と希小板が流れよるわ」

「ではヒアリについてのヒアリングです」

「アリの～ままの～姿見せるのよ」

「姿、見せるんかい」

「見せるなちうねん」

「この刑事さん、全然喋らんようになりましたな」

「なんや、だんだん縮んではりまっせ」

「そのうち消えてなくなるでしょう。どうせ誤変換ギャグばかりだ。あはははは」

柑橘類が先手で私意に基づき図鑑を見てのろのろメロメロ諸諸エログロじろじろ悪露《おろ》テロほろほろガロ下呂よろよろシロクロ泥泥ギロトロそろそろ色色ころころウロウロちろちろ語呂ごろごろごろ赤と黒。ルーレットの色かい。いやいやこれぞジュリアン・ソレルの人生の色。スタンダールの人生の色。フランスが嫌いでイタリアへ行ったのにフランスのスパイだと思われてフランスに戻って、書いた。愛した。生きた。食べ散らかした。ちょっと肥った。そして書き続けた。死んだ。なにっ。フランス文学。いかんいかんあんな軟弱なもの読んでは。あれは不良の文学だ。あれは軟派文学である。マジに院外を撮れ。乱破のすくすくと育つ尻は地味な古座の産物。「女の一生」は遠藤周作が書いたものを森本薫が盗作、それを山本有三が盗作、それを盗作してアンリ・ルネ・アルベール・ギ・ド・モーパッサンはもう破産か。いやいやあれは以前書いた短篇「脂肪の塊」を長篇にしただけだ。メゾン・テリエは水の上。

いかんいかん。先走りし過ぎた。そもそもの最初からやり直しだ。そもそも荻野アンナちゃんが翻訳したフランソワ・ラブレーによる最初のフランス文学は「パンタグラフ物語」。いいやそれは間違いだ。当時電車はない。まだフランス語が確立されていない時代になぜフランス文学が生起したのか。当時の文学が徐徐にパリへと収斂されていったのはなぜだ。ラ・ファイエット夫人の「クレーヴの奥方」を除けば最初は小説ではなく戯曲であったが。「ル・シッド」で論争を起したピエール・コルネイユが三一致の法則に違反しているとされて初めて神経質に三一致の法則が守られ始めたのはなぜだ。ジャン・バティスト・ラシーヌが「フェードル」を書いてから突然母と息子の禁断の恋が流行し始めたのはなぜだ。日本でも能、人形浄瑠璃、歌舞伎で俊徳丸をやっている。近親相姦の疑いはモリエールにまで及び、「タルチュフ」や「人間嫌い」にも批判が及んだのはなぜだ。悲劇をやりたかったのに喜劇しか受けなかったという悲劇はよくある話です。近親相姦ならヴォルテールだって「エディプス王」を書き機知の時代を機知外の時代にした。殺す殺すとコロスの合唱。ああピエール・ド・マリヴォー。演劇部部長だった春日丘高校時代には「愛と偶然の戯れ」の道化を演じて大受けしたなあ。ラ・フォンテーヌは渦中の庫裡にいた。すべての道は牢屋へ。蛙の王様は裸の王様。可愛い可愛い蛙の女王様はBSニュースの上代真希ちゃん。

「あなた。いつまでもそんな格好してないでシャツを着てください」

「うるさい。御嶽海だってハダカだ。何っ。家の中でも禁煙とな。この都民ファシストらめが」

貧しくて不良だった少年期青年期のことをいとも楽しげに書き、有名になってからのことを沈鬱に書いた「懺悔録」はまさにジャン＝ジャック・ルソーが被害妄想であったことを示す。これは作家すべてに言えることなのか。空を見上げるぼくをまだ若かったお祖母ちゃんが見下ろしている。そうだ。阿部さんの書いた「マノン・レスコー」。いやいやあの人は正しくはアントワーヌ＝フランソワ・プレヴォ。男たちを悩ませる女つまりファム・ファタールとしてはプロスペル・メリメの「カルメン」に百年以上先行している。でもこのての浮気な女性を描くことはメリメリメリズムとされた。若い二人があの世で逢ったオンザロックの物語。

あっ。犯罪者すれすれのえらい奴を忘れていたぞ。引き返せ。引き返せ。いやいや歴史は引き返せません。ああ。柘榴じゃなかった悪路じゃなかった髑髏じゃなかったムクロじゃなかった浮き袋じゃなかったラクロのことですか。ピエール・アンブロワズ・フランソワ・コデルロス・ド・ラクロ。あの「危険な関係」は別段風紀紊乱罪に問われたわけではない。しかしまあそんなこともあるもんですなあ。この作品、ロジェ・ヴァディムが二回も映画化したほどの傑作でありながら、それ以外の作品はすべて駄作、駄作、駄作ばかりなんだから。

フランス革命と共にフランソワ＝ルネ・ド・シャトーブリアンを食べながら漸然山脈を越えて二十世紀へ。おお。やっと遡及、一陽来復。このあたりの自然主義リアリズムの作品はみんな日常生活の細部を描いているからいいなあ。作家としては初めて黒人奴隷の子として差別を受けたアレクサンドル・デュマ・ペール。区域を撮れ。それすら死なずに氏が寺院に行けば自分は「モンテクリスト城」を建てて主人公にその名をつける。ナポレオンが大嫌いだったヴィクトル・ユーゴーは別段圧力に屈したわけでもなくただナポレオンを讃美する詩を書かされたのがきっかけでナポレオンを大好きになっちまった。ナポレオンに憧れて軍人になったスタンダールは実際には剣も使えず馬にも乗れず。「赤と黒」は宝塚歌劇でも菊田一夫の脚本で演じられた。ジョルジュ・サンドはミュッセ、リスト、ショパンなどと浮気浮気のし放題。あないに浮気したお婆ちゃんをなんでおれは好きなんやろか。そして親爺の借金。借金。借金し放題のバルザックの借金は支払われず仕舞。その多作ぶりとキャラクターは人間喜劇からドラゴンクエストに及ぶ。ロマン・ロランは言った「ジャン・クリストフは私だ」「スカイツリーを天辺から建てることはできない」。一方裁判にかけられてギュスターヴ・フローベールは言う「ボヴァリー夫人は私だ」。お蔭でベストセラー。細部への拘りを賞賛されることが多いが、突然物凄い省略だってするんだぞ。わしはむしろそれに教えられた。

「この人、食卓の上の蠅の描写までしてるねん」

「細かいんやなあ。そんなら女性の割れ目ちゃんの中の描写もやってほしいなあ」

「なんでやねん」

「どないなってるのか、知りたいがな」

「そんなもん大人やったら誰でも知ってるがな。まず割れ目ちゃんの奥は、小便の出口と赤ん坊の出口に別れてるねん」

「その、赤ん坊の出口の奥は、どないなっとるねん」

「子宮やがな。この部屋はな、赤ん坊がおらん時は空っぽや」

「ははあここか。えらい狭い部屋やなあ。天井から三十ワットの裸電球がぶら下がっとるで」

「まあ、倉庫か物置みたいなもんやな」

「あれっ。ここは畳敷きの四畳半やがな。布団が敷いたある。こんなとこで何するねん」

「赤ん坊作るねん」

「この道は何や」

「小便の通り道や。もうちょっと奥へ行ったら大便と小便の分れ道になってるで」

「ここやな。こっちへ行ったら大便か。この部屋は何や」

「便所やがな」

「便所で何するねん」

「大便に決まっとるがな」

「アルルの女」を書きあげたアルフォンス・ドーデーは自慢して言う「どうでえ」。ゴンクール賞の最初の受賞者はゴンクール兄弟。あっそれは嘘だ。エミール・ゾラのナナ不思議。なぜか前人未到の実験小説的題材を発見した自然主義文学の偉大なる功績。しかしポール・ブールジェジェジェジェジェはこれに反対すること古都は今も時、スンスン今照り多度仕舞。山の穴あな孔アナ坑ANAアナトール・フランスと共に、では鳥料理のレエヌ・ペドオク亭に参りましょう。バルタザアルはサラシン、キドシン、アサシンクリード。中原昌也は小説が書けないことを主たるテーマとしステファーヌ・マラルメは詩が書けないことを主たるテーマにした。それでも「半獣神の午後」はドビュッシーが曲にして浮上。

「おお。ええとこで逢うた。この間借りた金返しとくわ」

「いつでもええのに。そやけどここ、えらい賑おうとるなあ。あっ、どないしたんや」

「ちょっとふらふらした。ちょっとふらふらした。ちょっとふらふらした」

「気分悪いんか」

「気分は悪うない。気分は悪うない。気分は悪うない」

「なんで同じこと三回も言うねん。それも反復か」

「ヴィデオ編集する手間省いたっとるねん」

「今は一回だけやったな」

「今は一回だけや。今は一回だけや。今は一回だけや」

「あそこには真似マネ、もねモネ、どがどがドガがいて、ゴーギャンがいてホイッスラーがいてオスカー・ワイルドがいて、おお、これはもうマラルメの火曜会に違いありませんな。あっ。あなたはアンドレ・ジード」

「あっ。お前いつからアンドレ・ジードになったんや。あっ。そしたらさっきわしに返してくれたんは贋金か」

「そうや。真実の色は灰色やねん」

「そしたらおれは誰や」

「おのれを知ろうとする芋虫は決して蝶にはなられへんねん」

「なんでそないに偉そうやねん」

「儂が最初にメタフィクション書いたからやねん」

「狭き門を作ったのもあなたでしょう」

「黒井戸古井戸筒井戸と井戸のつく八十歳前後の老人作家は低回橋でみなこの世の果てに乗り乗りで傷だらけの欄干か。あの巨大さは何者」

「あれは大した男ではないな。夕食の時、こぼしたものをあわてて拾って口に入れていたぞ」

「服を汚すと奥方がうるさいのかも」

「食わずともよいっ」

「何やまた違うところへ来ましたで」

「のし巻く時にはスワンの施肥に土手をリスが走り寺院のようなここはダダイスト、シュルレアリスト達の存在しなかったパーティ。くっついたり離れたり共産主義に走ったり走らなかったり党を除名されたり反ファシズム運動をやったり、みんなばらばらだったからだ。而してアンドレ・ブルトンのやった自動書記の手法はこの小説にも使われている。ルイ・アラゴン。トリスタン・ツァラ。フィリップ・スーポー。ポール・エリュアールの妻ガラは誰のもとへ走ったか。その通り、ダリのもとへ走った。アントナン・アルトー。アンリ・ミショー。ロートレアモン伯爵。あっこのパーティにもひとり泥棒が」

「違うちがう、その人はアポリネール。名画『モナ・リザ』を盗んだと思われてミラボー橋で逮捕されたが冤罪だった」

ロジェ・マルタン・デュ・ガールは「痴呆家の人びと」を書いてイグノーベル文学賞。ああ老いたるフランスは水ぶくれ。ジュール・ロマンの「クノック」はルイ・ジュヴェが演じて大喝采。雨で雨でアメデと靴磨き台上の諸君よ。我ら悲しむべしSFの父とも言われるジュール・ヴェルヌは子供向けの作家と思われていたためフランス文学史には出てこないし同様にして探偵小説のガストン・ルルーも「ルパン」のモーリス・ルブランも文学史からは抹殺。怒れ日本推理作家協会の同志諸君よ。見なさい。マドレーヌばかり食べていたマルセル・プルーストは時間感覚を失って最後には時間を見出したのだがそこまで読んだ読者はいないではないか。ジャン・ジロドゥの生まれた十年後に清水の次郎堂が死んでいる。ジロドゥを評価したのは鼻のシラノかエドモン・ロスタン。だがクリスチャン・ド・ヌーヴィレットが言うほど彼の鼻は高くなかった。そして後年、ルイ・ジュヴェもまたジロドゥとは芝居仲間。実は儂は作家ではなく役者だ。役者がたまたま作家の役をやらされ、同じやるなら徹底的にと作家の役に打ち込むうち作家以上に作家らしくなってしまった。わあ。儂の当り役は「作家」であったか。これこそが役者の危険性であり、偽文士の証明。そしてフランソワ・モーリアックは「女は存在しない。存在するのはさまざまな女たちである」と。

「あっ。そんなこと言うてええんかい」

「ええねん。ええねん。この時代ツイッターはないからな」

「昔のたくさんの有名なフランス人作家はなぜか馬鹿ロレア卒業。そしてたいていの作家は、ひやあ、モンパルナスの墓地は作家でいっぱいだ」

「あっ。あなたはもしやぼくのお祖母さんとちゃいますか」

「わたしはガートルード・スタインや。あんたも失われた世代《ロスト・ジェネレーション》かいな」

「すみません。このお婆ちゃん、誰にでもこう言うんです」

古都は鋳た馬蹄をトルストイ宛てセスナで郵送しに行かんか。他には何もない。そうだとも。きょう婆《ばば》んが死んだ。空と大地と太陽が眩しかったからだ。なあに。アルベール・カミュなんてただの通りすがりでちょっと振り向いて見ただけの宇宙人いいや異邦人なんだよ。サルトルと仲が悪かったらしいけど、同類じゃなかったの。実存主義と不条理、どこが違うのか中学でずいぶん議論した。ジュール・ルナールの「にんじん」。ジュリアン・デュヴィヴィエ監督。あっ。なんでこんな映画見せるの。中学生を引率してまでこんな暗い暗い厭世的な映画見せることないじゃないの。クラスメイトがみんな暗い暗い顔になっちまってさ。そう「長過ぎる」んじゃなくて「暗過ぎる」の。言語自身が言語を否定しはじめるという悲劇はウジェーヌ・イヨネスコの演劇に顕著であるがこれは喜劇にもなり得るのではないかという疑問。あっ。この小説「コロキタイマイ」は言語を否定してはおりませんから。そう「コロキタイマイ」。「カロキ」だと軽いという意味になるし、「キロキ」だと黄色くなるし、「クロキ」だと黒くなるし、「ケロキ」は蛙みたいだから、「コロキ」にしてタイマイという亀の名前をつけ加えたの。それがこのタイトルの「意味」です。「授業」を演じたのは仲谷《なかや》昇と中村伸郎と仲代達矢と柄本明。誰が名演。やはりジャン＝ルイ・バロオでしょう。えっ。彼がやったのは「空中歩行者」と「犀」でしょう。あ
あ椅子は舞台を埋め尽す。
「イヨネスコもサルトルが嫌いでしたね」
「なぜか同時代の作家から批判されることの多いジャン＝ポール・サルトル。論理的過ぎ

て作家の感性を無視するからじゃないの。でもシモーヌ・ド・ボーヴォワールとはずいぶん長く続いたなあ」

「瞬間的な恋愛もありまっせ。パリの社交界の話やけど、バリトンのおならがソプラノのおならに惚れよってな」

「それでどないしてん」

「結婚しよってん」

「子どもはできたんか」

「シャンソンが一曲と緑色のでかいうんこが一個。まあそんなもんやろな。上出来や。大腸菌のガス同士やさかいに瞬間的やねん」

「夜の果てへの旅」はルイ＝フェルディナン・セリーヌ。キター。「東海道戦争」と「馬の首風雲録」でだいぶパクったなあ。この辺から僕、パクっとるのが多いのよ。最期は無視されてなしくずしに死んだのだったが哀れ。あっ。でも中上健次は褒めていたよ。それにおれ、世評とは違ってあの文章からは人類愛を感じるんだけどねえ。だって新しい狭い茄子色の度合が激しく水の飛沫をあげているもんね。最後の作品はその作家の遺言か。いいやすべての作品が遺言だ。処女作で遺言を書いてしまう作家もいる。そして暖かい血や熱い血も流れている。「戦争」というタイトルでならル・クレジオも書いていて、このふたつの「戦争」を昔の小説と思ってはいけない。もう一度読み返せ。読み返せ。予言の書でもあるのだから。もうすぐ戦争じゃ。明日戦争じゃ。今日戦争じゃ。すぐ戦争じゃ。今戦争じゃ。ミサイルじゃ。迎撃じゃ。Ｊアラートじゃ。どぎゃあーっ。

気違い爺さんが出て来て申し訳ありませんでした。ジャン＝マリ・ギュスターヴ・ル・クレジオ。キター。宇能鴻一郎が「ル・クレジオみたいな作家だ」と言ってくれたことがきっかけだったなあ。「調書」を読んでぶっ飛んだもんだ。まるで監視券売り機の娘が泣かされて土間に倒れて以後はすべての作品を読破。塙嘉彦氏が教えてくれた「赤い小人」のミシェル・トゥルニエ。キター。パクったあ。フライデーあるいは太平洋の冥界を論じたジル・ドゥルーズはご学友。「去年マリエンバートで」を見てから遡って行き着いたアラン・ロブ＝グリエ。キター。読んだあ。逢ったあ。パクったあ。大江健三郎に紹介されて逢ったのは東京でのペンクラブ大会。そのあと京都の園遊会でも逢ったのだったがあっちは英語を喋らずこっちはフランス語が喋れない。夫人が妻の着物を英語の片言で褒め妻が片言で返すというだけの小径での立ち話だった。それではわしがロブ＝グリエの「消しゴム」や「嫉妬」のどこをわしの何という作品のどこにパクっているかを当てた人には賞金八百万円を。

「嘘や。それでこの作家、やっぱり泥棒や。この作家、やっぱり泥棒や。この作家、やっぱり泥棒や」

「泥棒はお前と違うんかい」

「盗作はいかん。盗作はいかん。盗作はいかん」

　盗作ではない。盗作ではない。だからこそ泥棒は美しいのだ。しかし「嫉妬」の難解さによる一般的不評ののち映画化もされた「快楽の漸進的横滑り」は軽妙な作風となってもはやパクる気にはならなかったのだよベイビー。ここで疑問。白石加代子とのコラボを演出してくれた鴨下信一の「必要なのは激越なオリジナリティではなく、微妙な変化だ」という文章をこれも面識のある鷲田清一が朝日新聞「折々のことば」で紹介し「本歌どり」こそ芸術創造の原点だとしているのだが、これは小説にも該当することなのか。まず先行する作品があり、それを少しずつ手直ししてゆくことで何が保たれるのか。レイモン・クノー。キター。この人のは盗作どころではなく「文体練習」のパロディやってるもんね。「地下鉄のザジ」を見てからだいぶ経っていたのだが。そしてこの人は自分が最初に貰うためドゥ・マゴ文学賞を創設した。いやいやこれはどうも本当らしいよ。でも彼が「はまむぎ」で受賞したあとは本当に有名な賞になってしまってついには日本にも上陸。わしもただ独りの選考委員として町田康「くっすん大黒」に与えている。表参道にいたウエイターの山下君はわしも昔ご挨拶がてら参上したパリの本家のカフェ「ドゥ・マゴ」へ行って今も元気で働いているのだろうか。あっ。中井英夫に読んでいないことを笑われ「まあ作家に教養は必要ないけどね」と揶揄されたジョルジュ・バタイユ。でもそのあと書庫を見たら大昔に「文学と悪」を読んでいたよ。ジョルジュ・ペレック。キター。文字落しの手法を「残像に口紅を」でパクったー。儂も小惑星になりたいなりたい。最後はローラン・トポール。「幻の下宿人」はジョコが記念日を祝った五年前の作品で、ずいぶん若くて死んだなあ。カフェ・パニックでショート・ショートを書き漫画的イラストも描き映画も作り役者もやった。わしと同じであまりいろんなことをすると文壇からは軽視基地外視全然虫無視かたつむりされてしまうのだろうね。軽い字幕を知れば共に伊那や伊勢で尻のまくらにされてしまうのさ。まさしく荒んだ傾向だ。でもこんなもの書いて好きな作家と嫌いな作家がはっきりしてしまいましたね。そうかな。わからぬように書いたつもりだがね。そこで数えてみると、これまでに登場した作家のうちでノーベル文学賞受賞者は八人、辞退者はサルトルひとりだけ。ああ。作家はすべて一国一城の主。皆が王であった。それぞれの時代の。それぞれの世界の。

パリに逗留した主な外国人作家。レフ・ニコラエヴィチ・トルストイ。ハインリッヒ・ハイネ。ハンス・クリスチャン・アンデルセン。イワン・ツルゲーネフ。ロバート・ルイス・スティーヴンソン。オスカー・ワイルド。アレッホ・カルペンティエール。ウィリアム・サマセット・モーム。ギヨーム・アポリネール。ジェイムズ・ジョイス。サミュエル・ベケット。オクタビオ・パス。ガブリエーレ・ダンヌンツィオ。ジョージ・オーウェル。アーネスト・ヘミングウェイ。ソーントン・ワイルダー。ジョン・ドス・パソス。ガートルード・スタイン。フリオ・コルタサル。イタロ・カルヴィーノ。スコット・フィッツジェラルド。ウラジーミル・ナボコフ。ジョルジュ・シムノン。ヘンリー・ミラー。マリオ・バルガス＝リョサ。

（了）

「終わったで。三十五分の長丁場や」
「ああ、しんどかった」

白笑疑《はくしょうぎ》

戦意。戦《おのの》くやつ。自分の死よりも他人の死の方が大切という汝は戦えぬ。他人の死よりも自分の死の方が大切というお前も戦えぬ。わしは老年期の終り。苦痛の彼方に快楽があり、逆もまた真だ。ゾシマ長老の言うことは信じるな。戦乱雲の下で生まれた体験を持たぬお前。そんなお前が何を言ったところで相手もまた何も知らぬ輩。何も通じない何ももとへ戻らぬ。おれは老齢によって日本のロヒンギャ。誰も作家と認めてくれぬゆえ文壇のロヒンギャかもしれねえな。さあかかってこい。だがおれは戦わぬ。信じてもいない未来にすべてを託すのだ。ふたりでドアを閉めようぜ。ああ日本以外全部核武装。おお。いよいよか。そうだいよいよだ。従容として身を死に委ねる、それでいいのか、しかたあるまいね。死は死にながら死ぬのだから。ご満足ですかな。

難儀な人だ。尋常ならざる殺し屋。強く叩け。そうだ、もっと強くだ。おれの骨を。そして彼方へ飛べ。子供や孫が可哀想などとよくそんなことが言えるな。死後のことなどという考えを考える貴様が哀れだ。野ウサギよ核を抱いて走れ。もはや人類の交点はなくX字形もなくキアズマはない。なんと言う言語の劣化だ。ロケットマンか狂犬の遠吠えか。かくの如き世界、つまりかくの如き世界以上の悪い世界に生まれ変わりたいと思う者はいない。いません。わたしは何もない来世への渡し船。鬼の船頭。食べ物の奪いあいがどんどん近づいているぞ。ビルの崩壊で学校の子供たちが生き埋めだ。誰が埋まっているのかわからぬとは何ごと。老年キれ易く悪忘れ難し。そんな不良老人ばかりで斬首作戦。ああそんなドタバタも昔なら書いただろうに、今や現実が狂気。ナンマイダ。千枚田。コノコメゼンブモラッテイクアルゾ。

大洪水だ。まだわからぬか。自分はどんな被害にも遭わないと思っているな。ああそうか。被害に遭った時はすでに遅いか。違いない。あはははははと空虚な笑いを笑うしかないな。中国では暴風雨のさなかに報道を続け吹き飛ばされて画面から消えた女子アナ。死は背後と知れ。田圃の様子を見に行く。船の様子を見に行く。帰って来ない。海岸で、用水路で遺体を発見。死までを子孫の世代に先送りするなかれ。土砂で埋まった車の中、溺死でした。どれだけ苦しんだことか。瓦礫の底の底。子供の死は痛い。誰にとっても。あぁディグニティ・ランドは小さな世界。世界中誰だって、微笑めば殺される。御用はございませんか。あなたの御用は何。宅配便を投げ飛ばし蹴飛ばして。徴用工か働き手か求人難か難民か労働力か。イスラム国の混入。自爆テロに向かう子供たちの笑顔を見たか。この子たちは来世があると教えられている。喜望峰をまわれ。

靖国神社は今ぞ鬼哭啾啾《きこくしゅうしゅう》の時。鞭打つ屍《かばね》。君は護国の鬼となり我は銃火にまだ死なず。九段の母ＶＳ.岸壁の母。どちらも今や鬼籍。鬼よ哭くな哭くな。こっちまで泣きたくなるわい。この子誰の子杉菜の子。いいえわたしの子。帰って来ない子。だが誰も泣かない。いかに災害の惨禍を見せ戦いの惨禍を見せたって無駄。書いても無駄。朗読しても無駄。見飽きている、読み飽きている、聞き飽きている。これでもかと言わんばかりにどんどん描写が極端になり激烈になり身も蓋もなくなってどぎつくなってもう早誰も何とも思わなくなって。虚無主義《ニヒリズム》と感傷主義《センチメンタリズム》の相乗効果による無感動。巻き込まれ型の被害者はどこまでも被害者。たまに加害者に逆転してもやっぱり被害者。自然災害という擬人化された加害者はどこまでも加害者。避難者の忌避、棄避、拒否という名の加害。難民受け入れは同国人への加害でしょうか。リッケントロップはリッケン民主党を作った。君、わかりますか。ここで改行する意味が。

拙いながらも伝えましょう。死ぬことについては大筋合意。それでも昔は網一杯に魚が獲れた。クロマグロなんてものも獲れた。だが今やこの魚ゼンブモラッテユクアルゾ。底引き網で根こそぎだ。珊瑚まで根こそぎだ。あとには何も残らないよ。まずは秋刀魚が絶滅。あの苦さとしょっぱさを記憶している男ひとりが死ねば味も死ぬ。味覚は遺伝情報によって伝えられるか。ああ食べたことのない懐かしい味。ついにはショーウインドウに味まで求める。曖呀《あいや》ワタシラノ食ベルモノモ何モナイアルヨ。モウ食ベルモノナイアルカ。ヒモジイアル。苦シイアル。モウ死ヌアル。犬もない。猫もない。鼠はご馳走。ゴキブリは蛋白源。幾億もの「最極限の末了」。幾億もの屍。その境界はどこに。誰も弔う者はいない。自分で自分を弔うか。空腹で胃はきりきりと痛み、腹の皮は背中の皮にくっついてあまりの痛みに苦悶し、意識を失って。そして屍体は笑う。ちょっとそこをどいてくれ。おれの子供をそこで死なせてやってくれ。もう死んでいるのかもしれんが。お前もそこをどいてくれ。そこではおれが死ぬのだ。そこはおれの死に場所なのだから。お前は何を笑っているのだ。そうかお前は頭蓋骨か。粉ごなに砕いてやる。どうだ。もう笑えまい。見ろ。石膏の粉だ。

世界の排水孔から終末を示すオレンジ色の光が射している。流れ込んでゆく断末魔。脱力釜の力ない呼気は空気漏れに非ず、この世への名残り、臨終の溜息。今は亡きドードー鳥のよちよち歩きを思い出せ。埃まみれの千羽鶴。無意味な幼児の映像は、無邪気さと純粋さと平和の象徴か。じゃあ大人はどうなんだという突っ込み。つつがなしや恙虫《つつがむし》。こんなことをしても何の効果もないということを知っていながらの数万人のデモ隊の中で自分たちとレミングの類似に気づいている者は何人いるのか。歴史認識を云云している時ではあるまいに。論じている間に歴史が繰り返されようとしているぞ。ああ哀れや時をかける少女像。テロや戦争で何十万人も死んだところで人口爆発の勢いは止まらなかったあの時代。可哀想に。もうすぐ死ぬんだからせめてあたいたち、青年たちに萬戸を開いてあげましょう。おやおやまたしても予科練の七つボタンは桜に錨ですか。

遠き北より流れ寄る漁船一艘二艘三艘。あれは漁船なのか。最初の小さな点がやがて水平線いっぱいに拡がって百艘二百艘。またかよう。脱北者だ。脱北者の大群だ。追い返せ追い返せ。奴らを入国させる余地はない。日本へ来ても食い物はないってことを知らんのか。いいえ。ほとんど死んでいます。漁師ではなく女子供が半分以上。餓死でしょう。獲れた魚や烏賊を奪いあった形跡もあります。瀕死で生き残っている者も二人、三人、四人います。哀号と言っています。あっこいつは人間の肉を頬張ったまま死んでいます。死体の肉ですな。呑み込めなかったんでしょうなあ。途中で海へ葬られたやつ、抛り込まれたやつもたくさんいるだろう。もう沢山だ。韓国からも対馬へたくさん押し寄せてきていきます。あそこはもう韓国領です。南からも船が来ているらしいな。なんだと。中国だと。言論の自由を求めてだと。タリバンだと。差別のない社会を求めてだと。何を贅沢な。いつの時代の話だ。こっちは食糧難だぞ。食うか食われるかの社会なんだぞ。ああそれはもう昔から今までずっとだったなあ。大企業から小企業まで、あられもない競争の激化があんなに露わになった恥ずかしい時代は嘗てなかったのだが、しかしそれも遠い過去となってさいわい。

しあわせなら手を鳴らそう。ばきっ、べきっ。しあわせなら足鳴らそう。ぼきっ、ばきっ。自分の手足をへし折ってどうするんですか。死にたい老人百万人。死にたくない老人百万人。助けてくれ何とかしてくれ血をくれ血液をくれが百万人。しかし生憎誰も献血せず血液の残りは八十六人分。今では医者も少なくなって百二人。国境なき医師団も今は三人。ノーベル平和賞も役に立たなかった。えっ。火葬ですか。今からですと六ヵ月後になりますが。予約で満杯なんですよ。火葬場を建てようとしてもフキンのジューミンの反対運動で。ああ。遺体ホテルも満杯で入れるのは四ヵ月後。今ちょうど団塊の世代の曾孫や玄孫《やしゃご》の世代が次つぎにお亡くなりに。そうですねえ。お宅は山林をお持ちですか。もしお持ちならそこで土葬にしてあげてください。そしてやがては一般住宅の庭前栽《せんざい》便所の横の植込みに散在する土饅頭。そんな時代があったなあ。

商店街すべてはシャッター街となって住宅地も十軒に九軒は空き家。落書きと荒廃とごみと風に吹かれて舞い飛ぶ塵芥と紙屑。ああいいなあ。これが年寄り連中にはすでに懐かしい光景なんだから。町内の見回りというわしの役目もだんだん無意味になりつつあったのだが。しかしあろうことかわしの身にとんだ重荷だ。この家はまだ空き家ではなかった筈なのにもう誰もいないのか。珍しくも若い夫婦がいた筈だが。表札には川添とのみ書かれている。ああ。誰もいない。鍵のかかっていない玄関の薄っぺらの黄色い扉。雑多な微生物の入り雑《ま》じった埃と黴の臭い。そこには不気味さが漂っている。まだ誰かに荒された跡はない。リビングに踏み込めば最近まで飲食していたらしい生活感の生暖かい形跡。キチンにはチキンの骨。余裕のある家族だったようだな。水道からの赤茶色の水もまだ出るようだ。何が入っていることかと想像すれば恐ろしくて冷蔵庫が開けられない。この奥は寝室か。夫婦で死んだりはしていまいな。ベッドには剝き出しのマットレスに黒い髪の毛が数本。茶色い髪の毛も数本。ふんふんふんふん。くんくんくんくん。セックスの香りがするかどうかを懸命に嗅いで確かめようとするおかしなわし。その奥は。おっ。まだ奥の部屋があるのか。

「拳銃往来」「拳銃無宿」「拳銃の町」「左きゝの拳銃」「拳銃魔」「拳銃王」「拳銃を売る男」「拳銃の報酬」「マルクスの二挺拳銃」「不死身の二挺拳銃」「抜き射ち二挺拳銃」「腰抜け二挺拳銃」「腰抜け二挺拳銃の息子」「彼女は二挺拳銃」「ママは二挺拳銃」「裸の銃《ガン》を持つ男」「ラスト・ガン　地獄への銃弾」「イヤー・オブ・ザ・ガン」「ガンスモーク」「ガン・ファイター」「ビッグ・ガン」「担え銃《つつ》」「機関銃を捨てろ」「マシンガン・パニック」「マシンガン・シスター」「聖バレンタインの虐殺／マシンガン・シティ」「銃弾」「ファースター　怒りの銃弾」「運命の銃弾」「地獄の銃弾」「ブロードウェイと銃弾」「エンド・オブ・ア・ガン　沈黙の銃弾」「冷たい雨に撃て、約束の銃弾を」「銃弾の町」昔からアメリカは銃社会だった。何人死んだことか。全米ライフル協会は人口調節機関か。なんだとテロを防ぐためだと。同時多発テロは銃で防げたかい。高層ビルに向って飛んでくる航空機を銃で撃つのかい。あれを二千回ほどやられてやっと人口爆発が抑制できるのかもね。いいや。おれたちアメリカ人てえのはな、たとえ何千万人死のうが絶対に銃規制なんかしねえよ。最後の一人になってもな。今までにも銃の乱射事件が起った直後には必ず銃が馬鹿売れしてきたわい。銃規制なんかできるわけなかろう。銃社会だ自由社会だ。死ぬのは自由。絶滅するのも自由。死。それが最後の自由だ。マイケル・ムーアの敗北、チャールトン・ヘストンの大勝利。鏡のように敵味方を映し出す思想と歴史の境界線。

赤いシャツと赤紫色のスカート、子供だ。女の子だ。こんなところで独り何をしているのか。ここは物置部屋か。細長い部屋の片側の細長いベッド。そのベッドの横、奥の窓に向かって立っている娘。背は一メートルばかり。周囲に散らばる缶詰の空き缶と食べ物の腐敗臭。君は誰だと訊ねるとゆっくりこちらを振り返るその怪物、妖怪、人間でない何ものか。いや人間だ。わしは声なくしてその場に腰を落す。左様腰が抜けたのだ。これが人間か。人間と認識するのは第一に顔。人間の顔と認識するのは眼。眼がいかに人間らしさを表現しているかがわかるその顔。ふたつの点があるだけで人間はそこに顔を見ようとする。しかしそれはふたつが横に並んでいる点でなければならぬ。だがその娘の顔にあるのはたったひとつの眼だ。しかもそれは額の真ん中、縦に見開かれた眼で、目尻が髪の生え際近くにあり目頭が鼻の付け根あたりにあるという異様さだ。ひとつ目ではないか。ああああ。ただそれだけで人間の顔というのがいかに異形となるものなのか。試しに絵にしてみればよろしかろう。

膨大な原寸大の氷山が溶けて流れてヴェネチアとトンガの多くの島が水没。次いで四つの国家を含めた東南アジアの百二十の島が次つぎに消滅。島民とあの風景はどこに消えて今どこにあるのか。地球は篤劇。雨ざらしの海面の水位の上昇とその氾濫する水面のさらに上の氾濫。パリ協定からの離脱は絶滅の危機を早めたというこれぞ大統領の功績。トランプタワーも水没。ハリケーンの襲来も大洪水も火災も地球温暖化が原因に非ず環境保護団体の陰謀である虚言なりフェイク・ニュースだデマだデマだ。ああもはや地球に治癒はなし。お陰で人類の絶滅は早まること楽しからずや道踏み外す君。それが事実だとして、さて君、それをどうやって受け入れるんだ。事態をなんとかしようとする試みに対してわれわれの誰ひとり何もできない。まったくの無力なのだ。もう戻ることができない災厄なんだぞ。デマだと言ってあはははと笑うしかないではないか。大火災の記録は更新され続けいつまでも続いてカリフォルニアのワインセラーはすべて消えた。ワインだと。いったいいつの時代の話だ。そんな飲物は知らん知らん。いーえ存じません。そんなものは存在しなかったのです。ああ、ありませんのです。なかったっ。に、にひひ、にひひひひひひひ。

死んだ子供たちが七色の虹の彼方へ、風に乗ったリボンのように輪になって、歌いながら、笑いながら駈けて行った。そんな歌が聞こえてくるが記憶違いだろうか。ほんとはもっと明るい歌だったのか。何を歌っているのか何を笑っているのか。死んだことが嬉しいのだろうか。もう苦しまなくてすむからか。そしていったい空をどこへ駈けて行くのか。コドモノクニか。ファンタジイのない世界、行く所などないだろうに。君。お父さんやお母さんはいないのか。どこへ行ったんだ。ああお爺ちゃん。あたしの顔、やっぱり変なのね。お父ちゃんとお母ちゃんはわたしをここに置いて出て行ったわ。ご免ねご免ねと言いながら出て行ったわ。出て行く以外に生きて行く道がないんだと言っていたわ。お前は生きて行く道を自分で見つけなさいと言っていたわ。よほどの幸運なら生きて行けるかもしれないって言ってたわ。わたしたちにはもう無理って言っていたわ。痩せてるなあ。何も食べていないのかい。食べ物は置いていってくれたけど、冷蔵庫にはもう何もないわ。缶詰も昨日なくなった。

　恐ろしや鬼胎を抱いて鬼胎を産む。アフリカから中国へ押し寄せる難民の大群今や数百万人。本国へ送還されることを恐れてみんな入国するなり自分のパスポートを破り捨ててワタシ、ドコヘモユケマセン、ユクトコロアリマセン、タベモノクダサイ、タベルモノクレ、クレ。このころ日本は遠いからまだ来ていなかったが、やがては中国を経由してわんさかわんさかやってくる筈だったのだ。腹は満たされたか。われわれは空腹か。われら皆糞溜り。皆糞袋。美女だってそうだし、それ以上だ。食いたい食いたい。餓えて今ごろ妹は何処に。糞便を喰うのは幽鬼か餓鬼か。欧羅巴では難民を拒否した候補者が次つぎと国家元首になり、今や国境と海でだぶついた難民が屍体の山をなしている。溺れた子供に涙した日はいつだったたか。今ではみんな、もう忘れたなあ。

何か食べさせてあげるから、わしについておいで。でも、ああ、その顔じゃなあ。外へ出る時はこの帽子を冠れってお父さんが言ったわ。なるほどこのキャップなら深く冠れば眼は隠せるな。ずいぶん庇が長いからな。しかしまあ今出てはまずい。もう少し待とう。夜になってからだ。そのセーターを羽織れ。夜は寒くなるぞ。お爺ちゃんはなんでそんなに親切なの。わたしが女の子だからなの。わたしに何かするつもりなの。わっ。とんでもないことを言わないでくれ。想像しただけで一生魘される。わっ。わしの方を向いて笑うな。お前さん教育は受けたのかい。受けていないんだろうなあ。そうよ。学校なんかへ行けば虐待されるからってお母さんが言ってたわ。でもことばは喋れるのよ。なるほど。部屋の隅には小さなテレビ。あれが唯一、お前さんにとっての社会の窓か。そうよ。だいたい何でも知ってるんだから。大災害のことも食料危機のことも人口減少のことも放射性廃棄物のことも。君、名前は。由加よ。そう。川添由加か。三和土には由加の靴がない。靴ぐらい買ってやりゃあいいのになあ。靴下を二、三枚重ねて履いておくかい。えっ。靴。靴ならあるわよ。由加が嬉しげに奥から靴を持ってくる。安物だが新品のスニーカーだ。可哀想に。今まで履いたことがなかったんだなあ。

ついについに日本の保有するプルトニウムは百トンに。ひやー核兵器一万六千発分。六ヶ所村の再処理工場と高速増殖炉もんじゅの頓挫で余りに余った使用済み核燃料がなんじゃもんじゃなんじゃもんじゃ。文殊の知恵でもどうにもならん。原発からどんどん溢れ出してどこへ行く。ご安心くださいこれで核兵器は作れません。ではどうするんだい。核廃棄物の一種かい。どこへ捨てるのかどこへ埋めるのか。アメリカだけは何も言わない約束だからのんびり傍観しているが世界各国から危険視されていることはご存知かね。よくその地べたに座っていられるもんだ。そうか腰を抜かしたのか。お前は立ったまま腰を抜かしているのか。無理もない。世界の底が抜けているんだからな。福島の原子炉だって放射性汚染水を海へ垂れ流して失禁しているぜ。放射性廃棄物の福袋を買いに出す、つまり貰ってくれる客に一キロ一万円、百キロ百万円を渡して引き取らせればよい。こんな時代になっても金が欲しい人間はいくらでもいる。最終処分場は何処に作るのか。そんなもの作れるわけはないだろうが。候補地の人たちとの話し合いを謙虚に誠実になどと、いつも言っていること、当り前のことしかその立場としては言わないというのがいい政治家。昔からそうだったなあ。こんな危機がくる前にはもう自分たち政権にはいないんだもんなあ。絶滅寸前になった時には自分たちとっくに死んでるんだもんなあ。ええー、なんでぇー、何でなのー、核兵器を禁止する条約だったんでしょー。なんで不参加だったのー。なんでアメリカと同じ不参加だったのー。だってこの国は世界で原爆を落されてるたったひとつの国だったんでしょー。そいでもってアメリカって、その原爆落した国だったんでしょー。なんでその国と同じことしなきゃいけなかったのー。わかんなーい。わかんなーい。

誰がどこで聴いているのか、遠くからかすかに流れてくるのは確かトッカータとフーガだ。夜歩く。誰もいない住宅地を。話しながら並んで歩く。ひとつ眼の娘と。月あかりでさほど暗くはなく物陰に隠れることができないからかえって物騒だなあと思った時、向うからひとり恰幅のいい男がやって来る。暴力の予感と不吉さの予期。こんな奴にはとても敵わん。やられるぞ。いいか。わしが取れと言ったらすぐにその帽子を取るんだ。わかったか。わかったわ。そうすればどうなるかわかるわ。そうか。由加も同じことを考えたようだ。頭のいい娘だ。案の定男は前に立ちはだかった。拳銃を持っている。軽くはなさそうで、わしには前職からすぐそれが本物とわかる。金を出せ。男の声は顫えている。見かけほどではなく気は小さいようだ。

わしには得意の芸がある。悪魔の顔という顔芸だ。口を耳もとまで裂けるほど開き、眼を吊りあげると同時にカーッという声をあげる。その顔をする直前に取れと叫ぶ。娘が帽子を取った。カーッ。男はわしと娘の顔を交互に見てからにっかりと笑い、そしてゆっくりと眼球を裏返し、仰向けにぶっ倒れる。後頭部が敷石に激しく当って、ごち、という音があたりに響き渡る。脳挫傷は間違いのないところだ。行こうと娘を促すが娘は言う。ねえ。あれ、持っていかないの。拳銃かあ。盗むことになるが、まあいいか。あれで脅されたんだからな。あれを奪うことは正当防衛になるだろう。いや、ならんか。まあいいや。わしが男の分厚い手から拳銃を取ると、さらに娘は男の腕時計を指して言う。あれも欲しい。ああそれは駄目だ。強盗になる。そいつは正しいことじゃないんだよ。新しいものを貰ってあげるからね。それにしても比較的平和だった筈のこの国でこんなに暴力が蔓延《はびこ》ったのはなぜだ。いつからだ。誰もが暴力で生きて行こうとしている。

イスラエル対パレスチナ。水、水、水。汚染されていない水が飲みたい。眼をやられるから海で泳ぐことすらできない。ああ。ガザに盲いて。ミサイル、ミサイル。一発のミサイルには十発をお返しすること。生き残るためには彼らを毎日一日中殺し、殺し、殺し続けなければならないとアルノン・サフェルは百何十年も前に言っている。つい昨日までハマスとイスラエルは憎み、憎み、憎みあい続けて。虐殺、虐殺。対立が始まってから今までに何百万人、何千万人死んだことか。女子供は性欲のはけ口。使った後は殺せばよい。ボコ・ハラムによってぼこぼこ孕まされて孕まされてそれでも子供は産まれて産まれてしばらくは人口も増え続けたものだったが、もう産まれない。誰も産めないし産まないし産むことはない。ある時点から人類は妊娠することのない内部射精をしはじめたのだ。なあキリストはん、わしらのアラーとお宅のエホバはんはもともと同じ神さんやおまへんか。なんで仲良うでけまへんねん。そやなあムハンマドはん。けどユダヤ教にはわしおらへんねん。シーア派とスンニ派が争っていたのはいつの頃だったか。確かアルカイダはイスラム国を破門したのだっけ。イスラム国がもはや見境いなくなってイスラムの教会にまでそのテロは及んだのだったなあ。のちイスラム国は滅びたがその残党は世界中に拡散して全世界でテロ、テロ、テロが繰り広げられて、そうだった、そうだった、恐ろしや日本にも上陸したのだっけ。その前からだったかな、銃の乱射はまどろっこしいとばかりに、いつから車がもっとも確実な凶器になったのか。その言い訳は認知症。わたしゃ認知症でござんすわいなあ。世界中が認知症でござんすわいなあ。轢かれて撥ねられて殺されて殺されて世界人口は減り続けて絶滅への時間が滝となって逆落し。世界に開示すべき本来的言語さえ今や自動的になって神は偉大なりわしは偉大なり。未来という時間はない。過去という時間さえなく現在という時間もないというのに、なんでわれわれに死ぬべき未来があると言えるのか。

市内の空き住宅のあちこち離れた四軒をわしは見回りの役得で市から許可を得て住まいにしていてその一軒に由加をつれて行き食べものを与える。由加の顔にも慣れてきた。ねえお爺ちゃん、このお家に奥さんはいるの。奥さんはわたしを見て気絶しないかしら。いいや。女房はだいぶ以前に別の住宅に移ったし、娘も別の家でひとり住まいだ。明日は医学者の友人のところへ行こうと考えたのでそのいちばん近くのこの家に一泊したのだ。空腹のおさまった由加は早早に寝てしまう。今までは秋の夜長ひとり鴨と寝ていたものだが今夜は何十年ぶりかで他人、それも女性、それもなんと風流にもひとつ目のお嬢さんと一緒。わしをすっかり信じているようだが哀れにもわしを信じるしか生きて行けないのである。明るいうちは多少なりとも人通りがあるので由加の顔を隠さねばならない。帽子を目深にして眼のない部分にサングラスをかけさせて、さあ行こうか。ともすればあたりを見たがる由加をいちいち諭しながら車の通らぬ国道を歩く。ああ。顔見知りに逢わなきゃいいがなあ。彼方から誰かがやってくる度に横道へ逸れる。医学者の友人は昔大学だった建物の研究室だった部屋にそのままいる。本棚の一部が畸形の研究書で満たされている。友人は由加を見てもあまり驚かない。ははあ蛇眼症だなあ。昔から何人か産まれているがたいていは死んで産まれるか、産まれてすぐ死んでいるんだがね。じゃあこの子は何故死なないんだい。もしかして放射性廃棄物の影響とか。まあ健康診断してみなきゃあね。あははははは。大丈夫だよ。健康そのものだ。そうだね。放射性物質の影響というよりは、勿論それもあるだろうが、そもそも人間そのものの新たな世紀に入ったのかも知れんな。つまり新たな地質年代だ。これは予期されていたことでね、新生代第四紀の完新世と言われていた年代の次の世代がもう始まっているんだと言われていて、それは人新世とか、アントロポセンとか言われている。こんな言葉自体がもはや文化的意味を欠いているんだがね。そう。六度目の大量絶滅期だが人間が、つまりたったひとつの生物種が初めてその原因となって主役をつとめる地球的規模の変化だ。そして人間は、自分自身ではその影響を排除することができないんだ。だからこそ地質年代なんだがね。地質といってもその地質はコンクリートだの核廃棄物だの、人間が生み出した分解不可能なものが多く含まれているからこその、人新世と名付けられた地質年代なんだがね。ああ、それは勿論、人間と言うのはそもそも気候変動を引き起こすような動物であったという考え方に反対する連中もいるさ。それは極く一部の人間のせいだと言ってね。でも違うんだなあ。気候変動だけが原因ではない。放射性物質の影響もあるし食い物の奪い合いによる食料危機もあるし、テロテロテロテロの殺し合いもあるしね。ははあ、ではこの子がその新しい地質年代に産まれた最初の子かい。さあね。他でも産まれとるかもしれんよ。ちょ、ちょっと待ってくれ。人新世なんていうからにはそれは人間がまだ絶滅していないってことを意味しとるんだろ。じゃあ人類が死滅したあと、いやもうわしなんか、遠からずそうなるに違いないと思っとるんだがね、それでもまだ人新世なのかい。人がいないのに人新世なのかい。あはははははは。だって名付けようがないだろう。人がいないのに誰が名付けるんだい。まるでサイエンス・フィクションみたいにその時代を想像で、あるいはシミュレーションして描いて、その描いた作家が名付けるのかい。その作家だってその時代が来れば死んでるんだぜ。帰途、吹いてくる秋風に由加の帽子が飛ばされる。丁度ふたりの前まで歩いて来た中年婦人が由加を見てあたあたあたあた、うならならうな、へたへたへたへたと、道路に腰を落してしまう。ねえお爺ちゃん、と家に帰って来てから悲しげに由加が言う。やっぱりわたしなんか死んだ方がいいのかしら。何を言ってるんだ。

由加。君は希望なんだよ。

作中に一部引用した歌は江間章子作詞、團伊玖磨作曲「花の街」です。
ＹｏｕＴｕｂｅで聴けます。

ダークナイト・ミッドナイト

やあ今晩は。老年の希望の星筒井康隆をやっております筒井康隆です。今年で戌年の八十四歳。わたしと同い年生まれは作家だと吉田知子、長部日出雄、ハーラン・エリスン、内田康夫、山田太一、井上ひさし、眉村卓、灰谷健次郎、宇能鴻一郎なんて人たちがいて、その他では財津一郎、ケーシー高峰、黒川紀章、原哲男、宝田明、白木みのる、中村メイコ、堤義明、愛川欽也、米倉斉加年、田原総一朗、坂上二郎、海老沢勝二、藤村俊二、石原裕次郎、司葉子、牧伸二、横山光輝、倉本聰、大橋巨泉なんてたくさんおりましたが、だいぶ死にましたね。共通点は昭和九年に生まれて、主に小学校が国民学校に変わった年に国民学校一年生になったということくらいですかね。だから支那事変、太平洋戦争も経験していて、今日も学校に行けるのは兵隊さんのお陰です、お国の為に戦った兵隊さんよありがとう、なんて歌もあって、「お国のために殺された」なんて歌って教師にぶん殴られたりもしましたが、当時はいずれ戦争に行って敵をいっぱいやっつけて、自分も名誉の戦死を遂げるんだなんて思っていたりしたんでしょうけど、生憎子供だから実感でそう思っているわけじゃない。でも勇ましいことを言うと褒められて替え歌やったら殴られることくらいはわかっていた筈です。自分が死ぬということについては、機銃掃射をやられた時に足ががくがく顫えて庭への石段が上れなかったにかかわらず、それが面白くてけたけた笑っていたくらいだからまだまだ死を認識できていなかったんでしょうな。周囲で何人死のうと何十人死のうと自分だけは死なないというのが子供の考え方ですね。むしろ死が身近にあった方が面白い。英霊が帰って来た時だって、歩いて帰って来るわけじゃない、白木の箱に入って帰って来るわけで、沿道に何度も整列させられましたが、それを自分の未来の姿として見ることはなかったなあ。驚くべきことには当時「昨日生まれた豚の子が弾に当たって名誉の戦死。豚の遺骨はいつ帰る」なんてひどい替え歌が流行ってたんですよ。あれで憲兵に引っ張られた奴だいぶいるんじゃないかな。というところで、最初の一曲とまいりましょう。この曲は昭和十一年の「エノケンの千万長者」という映画の中で、二村定一《ふたむらていいち》と、わたしの大好きな女優、それはもうヴィデオを見ている間ずっと射精し続けているというくらい好きな高清子《こうきよこ》という女優さんが歌っているんですが、あいにくヴィデオ・テープ以外に音源がないので、今夜はデュレル・アレグザンダーという可愛いお嬢さんの歌です。昔の吹き込みなのでしゃーしゃー言ってて音が悪いんだけど、まあ古臭さをノスタルジアにしていただいて、我慢してお聞き下さい。

I've Got A Feeling You're Fooling

いやあ懐かしい。これは同じ昭和十一年の「踊るブロードウェイ」の中であのロバート・テイラーが珍しくも歌っております。さて、戦争は終ったものの、だからもう戦争に行かなくていいんだ、死なずにすむんだといった安心感はまったくありませんでしたね。死はまた別にあったとでも言いましょうか、死を本格的に考えていなかったと言いましょうか、いかに死を戦争に関連づけて考えていなかったかがわかろうというもんですが、ただし死は目の前にあったんですよ。梅田の地下道の柱の横に餓死した屍体が横たわっていましたが、あれはもう乾燥して土の色になっていて、あれで風でも吹けば粉になって吹き飛んじまうんじゃないかってくらいのもんでね、あれえっ、人間って死んだら土になるんだなんて初めて思ったもんです。そして中学生になってからは初めて同窓生の中から自殺者が出ました。屋上から校舎の裏庭に飛び降りた男の子がいたんです。それも見に行きましたねえ。死はやっぱり見物に行くだけ値打ちのある面白いものだったんですよ。その子は真っ白な顔をしてなぜか男前になっちゃって、地べたに仰向きで寝ていました。その頃は学校新聞に漫画を描かされていて、不謹慎だなんて思ってもいないで、さっそく飛び降り自殺を漫画にしました。「ブリトン先生」って漫画ですけどね。ブリトン先生が遺言状を書き残してビルから飛び降りる。ところが突き出ている棒に服が引っかかってしまう。その棒が折れそうになる。ブリトン先生が棒にしがみついて「助けてくれー」と叫ぶ。今なら新聞部の先生から無神経だと言って注意されるところでしょうが、当時はのんびりしていたのか、何でも許容されたのか、その新聞には「漫画が冴えてる。いい気持ちだ」なんていう新聞部の同窓生の批評が出ました。でも当時の中学生は結構文学作品なんかも読んでいて、そこでは当然死についても書かれていますから、次第に死を考えるようになってくる。アルツィバーシェフなんてロシアの作家の書いた「最後の一線」なんて強烈なものもありました。自殺を謳歌する話なんですよ。ひどいもんで登場人物が全部自殺しちまう。これ映画にしたら面白いだろうなと思って、「自殺倶楽部」なんてシナリオを書いたりしたもんです。その他にも主人公が死ぬ小説って、やたらに多かったなあ。で、主人公が死ぬたびに、自分が死んだわけでもないのにやはりショックを受ける。近しい人が死んだ時に受ける喪失感みたいなものを感じるんですね。どうもこの、小説にしろ映画にしろ、主人公を殺すとか死なせるとかいうのは、ある一定の感動を与えるためなのかやたらに多いんですが、これはフィクションの安易な終わらせ方ではないのか、なんて生意気なことを考えるのはもう少し先のことになります。ずいぶん時間が経ってからですが、そうですね約六十年か七十年かそこいら時間が経ってからですが、丸谷才一さんがぼくの「夢の木坂分岐点」という小説を読んで、これは最後、主人公の死を暗示して終わるんですけど、安易に主人公を殺してはいけない、作者の横暴だなんて言ってました。でもミラン・クンデラなんて人の作品と同列にして論じてくれているので、わたしも納得したんですがね。その癖その後「わたしのグランパ」なんて小説、これも主人公のグランパが最後に死んじゃうんだけど、この時は読売文学賞に熱烈に推薦して下さって受賞させて下さってるんで、どうもよくわからない。もしかすると理不尽な死でなければいいのかな、なんて思ってます。カフカなんてご覧なさいよ。滅茶苦茶理不尽な死にかた、殺されかたさせてるじゃないですか。結局、文学作品を読みはじめた高校時代からでしょうかね、やや本格的に死を考え始めたのは。死ぬのはいやだなあと思い始めた。ひやあ、おれ、死ぬんだと思って居ても立ってもいられなくなったりして、だからといって走りまわったってしかたがない。泣こうが喚こうが死ぬんだ死ぬんだ、ぎゃーっと叫んだって死ぬんだ、どうあがいても死からは逃れられないんだとわかった時には腹が立ちましたねえ。死神をぶち殺してやろうかと思った。だけどそこから先は特段救いを求めて宗教に向かったりはしませんでした。まあまだ若かったからだろうし、幼稚園がカソリック聖母園で、あのイタリア人の園長が大嫌いだったから、子供の頃からなんとなく宗教に胡散臭さを感じていたんでしょうな。同志社大学はプロテスタントでしたが、ここでもまた神様を崇める気にはならずに、死ぬことを気にしている裏返しで、どちらかと言えば馬鹿にするとかパロディにするとかいった思考に走っておりました。つまり死をギャグにするのと同様の真剣さで神様をおちょくっていたわけです。ウディ・アレンが子供の頃、人生を真面目に考えないと言うので学校で問題児とされていたのに似たようなもんですね。この同志社大学、神学部という学部があって、日本で唯一イスラム教をきちんと教えているらしいんですが、いやあ大学の神学部としては佐藤優なんて人を出してる優秀なところですよ。大学としてもカズレーザーとか筒井康隆とかも出してるしね。筒井康隆はまあ優秀かどうかわからんが、下品さにおいて優秀とは言えるでしょう。あいにく日本じゃある程度下品でないと笑いは取れないし炎上もしない。こうして大学時代にはもう死後の世界はないものと捉えていましたね。死んだら何もないと思っているからこそ死に直面した人間のうろたえやら慌てふためきやらの滑稽さがあるんだと考えていて、だからこそいろんなギャグも出てきたんでしょうね。さて、ここで二曲目をぶちかましましょう。あのアニメのベティ・ブープちゃんもSilly Scandalsという映画の中で歌っておりますがジャック・ペニィ・オーケストラの演奏です。ではお聴き下さい。

You're Driving Me Crazy

この曲を山下洋輔に聴かせたところ、結構難しい歌だなんて言っておりましたが、確かに転調するところなんて難しい。さて、若い頃には誰かれかまわず自分が気にしている死について話題にしていたものでしたが、友人たちはみなあまり興味がないらしくって、おなんでそんなに死を気にするんだ、なんて笑いながら言っていました。だけどこっちにしてみれば、丁度人気絶頂のジェームス・ディーンが不慮の事故で死んだばかりだったから、どんなに人気があってもそれとは関係なしに誰でも死ぬんだ、だから誰でもが死を考えている筈だと思うもんだから、こいつらなんでこんなに死を気にせずにいられるんだろう、こいつら想像力ないのか、もしかしてこいつら馬鹿かって、それがむしろ不思議だった。こいつらは死ぬのが平気か、おれの方がおかしいのかなあ、皆に比べておれが臆病なのかなあ、なんて思っていたもんです。その頃にはまだ「メメント・モリ」なんて言葉は一般的じゃなかったし、たとえ聞かされたって「えっ。どこの森さん」てなもんで意味不明だった筈です。で、のちにハイデガーを読んでやっと、死に対する正統派は自分だったってことがわかるわけですが、これはまあ、あとの話です。それより以前、まだSF作家になり立てと言うか、新進の若手作家だった頃ですが、星新一とふたりで飲んでいる時に星さんから「筒井君は死をどう思うか」と訊ねられたことがあります。星さんは比較的若い頃から死を気にしていて、もしかすると自分の死が他の人と比べてわりと早いことを見通していたのかもしれません。で、おれは「死なんてものは記号に過ぎません」なんて、いかにも当時の軽薄な人気作家らしいことを言ったんですが、星さんは苦笑してましたね。

でもおれはこの頃、死の恐怖を誤魔化すために半ばは本気でこう思っていたわけで、なぜかというと死にたくないなあ死ぬのいやだなあと思っている以上はまだ生きているわけだし、死んでしまえば死ぬことなんて考えないわけだから、自分に取っての未来である死なんてものはないと考えていたんでしょうな。つまり未来ってものはまだ来ていないし、来ればそれは現在なんだし、現在というのは常にちょっとだけ過去なんだから結局自分には死はないと考えたわけです。例えばこの時期に自分は五十年後まだ死んでいないと考えたとして、これは未来の事実じゃないんです。この時期での心理状態であって、未来とは一切無関係なんです。だけど今は事実になっちまいましたけどね。だってそれから五十年経った今まだ死んでいないんだから。五十年後まだ死んでいないと考えた記述的事実は五十年経ってもずっと変ることはない。五十年前に直木賞に落ちたという記述的意味はそのあとになってもずっと変ることはないんです。ただし評価的事実は変りますよ。今から考えれば直木賞に落ちてかえってよかったんだ、という具合にですね。一方、星さんの方ですけど、ずいぶん早く死んじまった。先が長くないことを医者からは知らされていたらしくて、娘さんに逢うためハワイへ行った時などひとり海岸に立って、じっと海を見ながら考えに耽っていたそうです。死を考えていたんだろうなあと思います。死期が近いことを誰にも話していなかったし、家族にも、誰にも話すなって言っていたらしいから自分で考えるしかなかったんでしょうなあ。可哀想だったなあと思いますが、よく考えてみりゃあ、よく考えなくってもそうですが、おれよりもずっと早くに死んでいるわけで、つまりもう死んでいるわけで、これだけは確かなことですから気の毒もへったくれもない。自分も含めてもうすぐ死ぬという年齢の人をいちいち可哀想なんて思ったって屁の突っ張りにもなりません。しかしそれまでにだってずいぶん沢山死んだなあ。家族親戚は省略しましょう。親しかった作家たちだけに限ればまずは広瀬正が死に大伴昌司が死に中上健次が死に生島治郎が死に星新一が死に光瀬龍が死に半村良が死に小松左京が死に佐野洋が死に稲葉真弓が死に大島渚が死に平井和正が死に野坂昭如が死に、そしてもう一度井上ひさしが死に、その他その他、もう数えきれません。景山民夫なんて実に無惨極まる死に方をしてる。この人たちの記憶がわたしの頭の中に残っている以上、それが過去だとも言えるけど、そんな人たちの記憶の中身そのものが現実に残っているわけではないのでやはり過去はない、そんな人たちはいなかったと言えます。そして残っているのはその人たちの残した言葉でしょうかね。作家にとってすべては言葉、言葉、言葉なんです。家屋敷、財産不動産、山や川の自然、そういった眼に見えるモノよりは眼に見えない言葉というコトが大事なんです。いろんな作家から言葉として教わり伝えられた言葉というコトだけが確かなものであってその他のすべてのモノ、家屋敷財産不動産山や川の自然、そういった眼に見えるモノは今はもう眼の前には見えないんだから、すべての過去はなかった、死んだ作家もいなかったと、そう思うしかありません。そうは思いながらも、いや、そう思おうとして、やっぱり周囲の誰かれが死にはじめてから何か死について教えてくれるものはないかと考えて、ハイデガーの哲学を読み始めました。読んで正解だったと思えたのは、ハイデガーは死というものを実に魅力的に描いているってことでした。魅力的と言ったって、そんなに魅力的なら、じゃあ死んでやろうかと思って自殺に走る、といったようなものではない。それはむしろショーペンハウエルでしょうな。これはドイツの観念哲学の人で、「最後に凱歌をあげるのは死である」なんてずいぶん厭世的だったから、この人の本を読んで沢山の青年が自殺しちまった。ぼくもうかうかと読んだけど危なかったなあ。そのくせ自分は七十年以上生きたんだからほんと悪い人ですよこのショーペンハウエルって人は。ショーベンかけてやりましょう。ではハイデガーの哲学はどうだったのかと言うと、ぼくが読んだちょっとあとだったかな、さっき言ったメメント・モリ、つまり「死を思え」という言葉が流行ったんだけどハイデガーはまさにその死を思え、自分から進んで死というものと向かい合えって言ってるんです。これは企投って言って、自分から進んで死と向かい合う、企んで自分を死に投げ込むことなんだけど、それ以前に被投って言って、否応無しに死を思ってしまう、死の方へ投げ込まれるという状態があります。これは自分ひとりの時になる状態とは限りません。ほら、よくパーティなんかで、周囲にいっぱい人がいても突然「あーっ。自分は死ぬんだ」と思って、「あーっ。ここにいるこの人たちも全部死ぬんだ」と思って落ち込んだりすることあるでしょ。えっ。そんなこと一度もないって、本当ですか。

そりゃあ幸せですねえ。まあまあいいでしょ。でもぼく自身はそんな状態によくなるし、そんな状態になっている人を見かけることだってよくあります。大勢の中にいて人に囲まれていたってそれとは無関係にそういう状態になるってことです。というところで、そんな重要なことはいったん後回しにして一曲、陽気なのをぶちかましましょう。これはエノケンの映画主演第一作「青春酔虎伝」の中でエノケンが替え歌にして歌っていますし、ウディ・アレンの映画「世界中がアイ・ラヴ・ユー」の中でエドワード・ノートンが歌っていたりしますけど、今日はエノケンがお手本にしていたアメリカの喜劇俳優エディ・キャンターの歌でお送りしましょう。

My Baby Just Cares For Me

(歌う) マイ・ベイビー・ドント・ケア・フォー・ショーズ、あっ失礼しました。さて、自分が死と向かい合って、それでどうなるのかという問題。ただ怖いだけでしょうかね。いやいやハイデガーはこれで、死というものがあるということを死ぬ前に、前もって了解するのが大事だと言ってるんです。これを先駆的了解というらしいんですが、いやいや、おれなんかとてもじゃないけど、死というものを先駆的に了解なんかしたくないね。だって自分が死ぬんですよ。自分が死ぬなんてとこ、あなた見たいと思いますか。おれなんかとてもじゃないけどそんなもの見たくないね。そんな場面には立ち会いたくありません。その場にはいません。ではどこへ行くかというと、行くとこはない。ロビーか副調かのモニターででも見ましょうかね。でもまあハイデガーがそう言ってるんだから、先駆的に了解したとしましょう。そういうものがあるんだとしましょう。ただね、ハイデガーだってやっぱり死は怖いわけですから、死の前に立ったら恐ろしさのあまり誰だって粉ごなに打ち砕かれてしまう、とは言っています。当り前だよね。死というのは物凄い形相をしていて、とてもじゃないけどまともに向き合える相手じゃない。そう言っています。そりゃそうですよ。こいつに来られたらもうそのあとには何もない、未来はない、虚無しかないとなったら、そんな奴の顔なんてまともに見ることなんかできません。ではそいつのことをハイデガーは何て呼んでいるかっていうと、勿論ただ死とか死神とか呼んでいるわけじゃなくって「最極限の未了」と呼んでいます。「最極限の未了」とは何か。まず「最極限」というのは、これはわかりますよね。最終的な極限だから、そこから先はない、極限の極限。どんづまりって意味です。じゃあ、「未了」というのは何か。これは、まだ終っていないという意味です。終了していない。最終的な極限なのに終了していないとはどういうことか。これは人間というものは死の真ん前まで来て、これから死ぬ、すぐ死ぬ、今死ぬという時になっても人間としてはまだ終っていないってことです。いくら、おれはもう終った、おれは功成り名遂げた、金は山ほどある、借金は全部返した、女にはもう飽きた、だいたいがもう男の機能は失ってセックス不能だ、だからもう終ったんだと言ったところで、まだ終っていないんですよ。突然息吹き返してわははははあと三十年生きるってことになるかもしれない。昔の女が子供六人つれて現れるかもしれない。裏山から金が出ましたというので銀行に百億円が振り込まれてくるかもしれない。昔書いた小説が突然原因不明のベストセラーになってまた名前が売れて有名人の列に新たに加わるかもしれない、だからこれで終わりというのは人間にはないんですよ。そうしたことは死んだ後にだって起り得るんです。死んでから、例えば悪事がバレるとか、可愛がってた女が妊娠するとか、功労賞を頂戴するとか、へそくりが発見されてしまうとか、生きていたときの自分には起らなかった何ごとかが起きる。そう考えてみりゃあ人間には死というものはそもそもないんだとも考えられますねえ。いやいやこれはハイデガーが言ってるんじゃなく、わたしがそう思っているだけなんですがね。さてそうやって死と向かいあって、それでどうなるかというと、ぶっ飛ばされてしまう。ではどこへぶっ飛ばされるのか、過去へぶっ飛ばされるんです。ぶっ飛ばされたところで到来ということが起ります。自分は死ぬんだということがはっきりわかったために本来の自分に戻るんです。自分の過去のことがすべてわかるんです。自分が生れてきてからこっちいったい今まで何をしてきたかがわかる。これはその人だけの固有の過去です。そうでしょ。どんな人だって、他の人とは違う、自分だけのことをしてきたわけで、どんな偉い人だって、どんな駄目な人だって、必ず他の誰もやっていないことをしてきてるんです。いいこと、馬鹿なことに限らない。その人しかやらなかったことです。で、それがわかったからといってどうなるのか。現在に戻ってきます。自分がやってきたことを取り返すんです。ハイデガーはこれを現成化と言っています。まあ本当の現在というのはないわけなんで、現在というのは次つぎと過去になってるわけなんで、それでこう言ってるんでしょうね。ここまで来るともう人間は、今の自分が何をすべきかわかるというんです。つまり現成化というのは、過去へ戻って自分が何をして来たかを見て現在に戻って自分のするべきことを知るってわけで、しかもですね、この過程を順を追って知るんじゃない、一瞬にして知るんだと言っているんです。そんな結構なことがあるのかどうか、ハイデガーがそんないいことを体験したのかどうか、それはわかりませんがね。少なくともわたしはまだそんな結構な目には遭っておりません。しかしまあ、このあたりが死を魅力的に論じているってことになるんでしょうね。はあいそれでは次の曲行きましょう。指は天才ピアニストで顔はお馬鹿さんというファッツ・ウォーラーの作曲で、アネット・ハンショウが悩ましく歌っております。

I've Got A Feeling I'm Falling

さて、ハイデガーが死を魅力的に哲学していると言っても、一般の人がこれによって死の恐怖から逃れられるかというと、わたし自身が全然逃れられていないのと同じで、わたしはこのハイデガーの「存在と時間」を何回か講義したことがあるんですが、ある集まりでひとりの初老の紳士から質問を受けたんです。「われわれは弱い人間なので、どうしても死の恐怖からは逃げられない。だからどうしても神に縋ろうとするんだけど、そのハイデガーはいったい神についてはどう言っているんでしょうか」そう言うんですね。なんだかお医者さんみたいな、インテリ風の人でしたけどね。死を恐れてはいるんだけど、宗教に救いを求めて例えば新興宗教に入るとか、そんなことをするほど切羽詰ってはいないということではないかと思うんですが、これには困りましたよ。だっておれは神様なんかいないと決定した代りに哲学読み始めたんだもんね。ハイデガーが神様について何も言ってないことは明らかだし恐らくは神を否定したところから出発しているんだろうと思うし、もしかしたら哲学なんてやる人はみんな自分自身が神様の立場になってやってるのかもしれないしね。でもそう考えると、もしかしたら死ぬのが怖くてしかたがない人間ほど自分を神の立場に置いて死の恐怖から逃れようとしているのかもしれませんな。ほら、自分は神様だみたいなこと言って偉そうにしてる人いるじゃないですか。別段独裁者には限らなくてその辺にもいるでしょ。この世界では自分が一番だ、おれが神様だみたいな人がね。ああいう人は怖くて堪らない人かもしれませんね。いやいや人のことは言えません。おれだってそうかもしれない。だいたい最後の長篇だなんて宣伝文句で書いたあの「モナドの領域」にしたって、早く言やあ神様なんていないってことですからね。あんなもの書いてしまってから、もうあれ以上の長篇は書けなくなってしまったんだけど、まあ、どんどん死ぬ時が近づいてきてますから。そりゃハイデガーは否定してますよ、死ぬ時なんて決っていない、あと何十年も生きるかもしれないし、お前さんの息子や孫の方が早く死ぬかもしれない、いつ来るかわからないからこそ死なんだってね。だけどそれは無茶だ。人間何百年も生きられるわけないんだから、死期が近づいてきてるってことは確実なんです。それで、死期が近づいて来てると知ってますます死が怖くなったかというと案外そんなことはありません。いやいや本当。えっ。嘘だろうって。ああ。そりゃまあ、昔から言いますよね、若者のつく嘘でいちばん多いのは「おれは女なんかに興味はない」っていう嘘、老人のつく嘘でいちばん多いのは「いつ死んでもいい」っていう嘘。そりゃたしかに、目の前へ刃物つきつけられて殺すと言われたら顫えあがって「命ばかりはおたおたおたおた」でしょうけどね、しかしそのあたりは若い時と同じなんだけど、その若い時ほど死ぬのが怖くなってきたというのも、不思議だけど本当なんです。これが何故かというと、わたしだけがそうなんじゃない、他にもそういう人がいるからなんだけど、理由はいろいろ考えられます。まず、性欲がなくなってくるからだという説があります。セックスできないんじゃあ生きてても楽しくないということなんでしょうかね。日常生活のあれこれが面倒くさいという人もいますけど、そのくせ料理は食うんだから勝手なもんです。他人とのつきあいが煩わしいという人もいますが、それは自分の嫌いな人と逢うのが嫌なだけで、好きな人、懐かしい人とは逢いたい筈だ。でもいろんな理由が積み重なって死への恐怖が薄らいでいく。これは本当みたいですね。そして寝ている時などに何となく寂寞感みたいなものが襲ってくる。うすら寒くなって空空寂寂としてきて、ああ死ぬときはこんな感じなのかななんて思う。そして朝眼が覚めて、ああまだ生きていた有難い有難いなんて思うんですが、一方ではまた一日が始まるのか、また一日生きていなきゃならないのか、面倒だなあなんて思ったりもする。まあこのあたり、老人にならなきゃわからない心境でしょうなあ。その癖自分が死んだあとのことをいろいろ気にしたりする。遺言状に細かいことを書いたりするけど、あれは何でしょうな。死んだ後ででかい葬式出してもらったり、でかい墓を建ててもらったりして、何が嬉しいんでしょうかね。もう死んでるのに。さて次の曲です。この曲はずいぶん沢山の歌手が歌っていますが今夜はやはり大御所ビング・クロスビーに歌っていただきましょう。関西方面じゃ天気予報の曲としてお馴染みです。

I Can't Give You Anything But Love

さて、死についてたいていの人はいかにも怖くないようなふりしてるんだけど、それにしちゃ死に関する諺、言い伝え、言い回し、言葉なんてやたらに多いんですよ。なんですかいい気持なのにすぐ「死ぬ死ぬ」って言うのは。地方の旅館に泊った時なんぞあなた、隣の部屋から女のでかい声で「死ぐー、死ぐー」って聞こえてきて、こっちは笑い堪えるのに苦労しましたよあなた。だってげらげら笑ったりしたらお隣りさん、行き損ならうじゃないですか。「死んでも死に切れん」なんて言い方あるけど、当たり前でしょ。誰だって死にたくないんだから、死ぬ時には未練を残すもんです。「死ぬときは一緒」だなんて、よくそんなことが言えますね。あのねえ。誰だって死ぬときは一人なんですからね。一緒に死んでくれなんて甘えちゃいけない。一緒に死んでくれる人がいたって死ぬ苦痛は自分だけのもんだ。死の苦痛が半分になったりはしません。もし半分になるんなら皆が心中したがりますよ。三人で死んだり四人で死んだり、自殺サイトで一緒に死ぬ人を大勢見つけたりしてね。だけどそんなことをしたって同じ。死の苦痛が三分の一になったり四分の一になったりしないんだから。まあ苦痛のことだけ考えるんなら安楽死ってものがありますけどね。苦痛なしに死なせてくれるんだから有難い話で昔はそんなものなかったもんね。それにアルツハイマーとかなんとか、認知症で惚けて死ぬんなら苦痛はないでしょ。苦痛はあるかもしれないけどそれだって死を認識しての苦痛じゃないんだからね。「人に迷惑をかけるような死にかたをしてはいけない」なんてことも言うけど、死んだら確実に迷惑かけるんだから。普通に死んだって葬式出さなきゃいかんでしょ。行方不明で屍体なくても葬式出すもんね。みんな葬式が好きなんだねえ。「朝《あした》に道を聞かば夕べに死すとも可なり」なんて大きく出たなあ。せっかく道を知ったって言うのに、死んじまうのかい。きっと朝に聞いた道に夕方迷っちまったんだろうね。そうですとも。「死んで花実が咲くものか」ですよ、植物じゃあるまいし。一粒の麦がもし死ななかったら花も実もないもんね。片方じゃ「九死に一生」なんて喜んでる奴もいてね。九分通り助からないなんて誰にわかるんですか。勝手に喜んでろっての。ああそうですねえ。「死んだ子の歳を数えてる」人もいるねえ。だけど三歳で死んだら三歳のままだ。その方がいいような気もするけどね。憎たらしい餓鬼になったり非行に走ったりするよりはね。ああそりゃあまあみんな自分の子だけはそうはならないと思ってる。だけど美しく生まれて可愛がられた子ほどいやな奴になるみたいだねえ。いや、おれがそうなんだけどね。他にはですね、「死中に活を求める」なんて目前の死に怯えて発狂したやけくそ人間の猪突猛進だとか、「虎は死して皮を留め、人は死して名を残す」などと、やたら名誉に拘っているお説教じみた格言もあるけど、だったら最初っから英雄豪傑の名前自分につけときゃいい。格言名言いずれも死の本質に迫ったものはないみたいですな。ではいよいよ最後の一曲。まあこの曲ほど退廃的な曲はちょっとないんじゃないかな。作曲はデューク・エリントンだけど、コッポラ監督の「コットンクラブ」という映画のタイトルバックで流れているこの演奏は音楽担当のジョン・バリーです。映画は主演がリチャード・ギア、その弟がニコラス・ケイジという凄い配役だったけど、映画そのものは駄作と言われてしまいました。ではお聴き下さい。

The Mooche

曲はまだ続いていますが、たった一夜のディスクジョッキー、「ダークナイト・ミッドナイト」これでお別れです。えっ。なんでダークナイトかって。実はわたしシュバリエ章という勲章を貰っていましてね、でも悪いことばかり書いてきていますから、つまりは闇の騎士なんですよ。今夜はそんなわたしに相応しいテーマ、死についておしゃべりさせてもらいました。いっひっひっひっひ。

蒙霧升降《ふかききりまとう》

草木も眠る片割れ時、思い返しては不条理感に悩まされる深夜の過去。あれは中学二年の秋だった。突然のようにホームルームなるものができて面食らう。ウサギの飼育についいて。屋上で飼っている山羊について。生徒会の立候補について。掃除当番について。なんだこれは。生徒だけであれこれかれこれ話しあって何が決まるというのか。決めるのは全部学校側じゃないの。変なことをするなあ。そうかこれは一昨年あたりから始まったラジオの街頭録音の真似だ。藤倉修一というアナウンサーが話したがらない素人を追いかけて無理やり意見を聞いて、それは例えば戦災孤児の救護について、新憲法について、官公吏に望む、越冬対策について、最近のラジオについて、電力問題について。素人にあんなこと聞いて何になるのか。自分が政治家になったつもりで喋ることができるからだろうか。それにしてはろくなことを言わない。湯川秀樹がノーベル賞を取った時もずいぶん変だった。パイ中間子理論なんて、大学を出たくらいで理解できるわけがないのに新聞では懸命に解説していた。たとえ十ページ二十ページの紙面を費やしたところで誰に理解できるというのか。まるで誰にでもわかる科学でないならノーベル賞の価値はないとでも言いたげな新聞。凡人はただ冗談にするしかないのだ。ストリッパーが股間を指差して客に「局場所理論」の講義をしている漫画を横山泰三が描いていた。新聞の紙面としてはあれが唯一の正解ではなかったか。

青い山脈水割り桜、わが青春時代に普通の性欲を否定するチャタレイ裁判。最高裁が示した猥褻性の三原則は高校生にも不可解。徒らに性欲を興奮又は刺戟せしめ、且つ普通人の正常な性的羞恥心を害し、善良な性的道義観念に反するもの。なあにが文藝裁判だ。これだとごく普通のエロじゃないのか。当時の大蔵大臣・池田勇人による「貧乏人は麦を食え」という発言が新聞の見出しにでかでかと出た。本当は「所得に応じて、所得の少い人は麦を多く食う、所得の多い人は米を食うというような、経済の原則に副ったほうへ持って行きたい」と言ったらしい。確かに現代では差別的だとして問題にされそうな言説だが、あの辺からどうやらマスコミがおかしくなってきたなあ。わかり易く、なるべく刺激的で、しかも一般受けする見出しを掲げて売ろうとしはじめていた。そう思わないかトンボリ君。さあねえ。難しいこと訊くなあ。ぼくはそれほどとは思わないけどなあ。伊東絹子がミスユニバースで三位に入賞したけど顔がなんとなく平面的でさほど美人とは思えず、好みではなかった。あれは八頭身という抜群のスタイルを戦後の新しい日本人女性の姿として喧伝しようとしたための不自然さではなかっただろうか。いや。ぼくは好きだけど。日本的な顔で。

ええっと。あの翌年の映画の第一位は「二十四の瞳」で二位が「女の園」で三位が「七人の侍」だった。えっ。なんで「七人の侍」が三位なの。今から見てもオールタイムベストじゃないの。いやいやトンボリ君さあ、そりゃあ「二十四の瞳」、いいよ。ぼくは「女の園」の方が好きだったけどね。でもそれにしてもねえ。日本人が木下恵介好きだったからじゃないのかなあ。鳩山首相が「軍備を持たない現行憲法には反対」と答弁した時は、あれえっ、この人戦争したいのかなあと思ったんだったけど、いや、てっきりそうだと思い込んでいたんだけど、あとで、そうじゃなくって自衛隊はどう見ても軍隊だから憲法改正が必要だと言っているのだってことがわかった。こういうややこしさは昔からあったなあ。フランク永井の「有楽町で逢いましょう」が大ヒット。ええっ。これ、そごうのキャンペーンソングじゃなかったの。宣伝の歌だろ。当時の感覚では違和感があった。その違和感の理由、この時はまだ不明。三笠宮崇仁親王が、紀元節を「日本建国の日」として復活させようという動きに、考古学者・歴史学者としての立場から「神武天皇の即位は神話であり史実ではない」として強く批判したため新聞に「赤い宮様」と書かれちまった。ひやあ、聞いたかトンボリ君、宮様でも共産主義者だと誇張されちまうんだぜ。でもおれたちデモなんか行かなくてよかったなあ。あれで岸内閣は総退陣しちまったけど、樺《かんば》さんみたいに、殺されたんじゃなあ。でもでもデモの効果はあったんだよなあ。おれはノンポリだけど、でもなんかおかしいなあという感じはあった。もっとおかしかったのは右翼少年という存在だ。どうすればああいうおかしな存在が出現するのか。行動で示す以外何をどう言っていいかわからぬ魯鈍者だったのだろうか。浅沼稲次郎を刺し殺してどうなるというんだ。自分はどうせ自殺するんじゃないか。小説になったりもしたが、まさに虚構化するしかない存在だったな。右翼テロはこの頃多かったし、これの少し後に中公の嶋中社長の恐怖演説というのもあったけど、あれも社会への影響になるのか。あのう「社会への影響」という議論はおれ、ほとんど信じないんだよね。だっておれ当時からずっとブンガク茶釜だったから。

ああ。そんなこともあったあったあった。でもキューバ危機の時はおれ装飾の仕事やってて毎晩徹夜だったからまったく知らなかったんだ。あとであんなヤバい時にいったい何してたんだって言われたけど、それはあとになってからだもんね。何も知らなかった人もたくさんいたんじゃないかなあ。知らなかったことをあんなに責められたってなあ。あの頃からニュース知らないと馬鹿にされるような、なんだか不自然な風潮になってきたなあ。だけどケネディが殺された時は家にいたよ。お袋がたまたまテレビ見ていて「えらいことやあ」と叫んだので、寝ていたけど吃驚したんだ。そういう世界的大事件を知らなくても生きて行ける世の中であることを不思議に思わせる異様な傾向があった。これが太平洋を越えてきたテレビの宇宙中継最初のニュースであったことから、殊更にそう思わせようとしたのではないだろうか。いや誰がとは言わないけど。

この頃から始まったフジテレビ系列の「新春かくし芸大会」はずいぶん不快だった。本職の芸さえつまらないタレントが一夜漬けの芸をやる奇怪さ。正月前の多忙さのために稽古している時間がどんどんなくなってきて最後はひどいことになり、そのうち「これだけ一生懸命やったのに」という審査員への泣き落しが功を奏し始めたのでもういけません。打切りになっちまったけどずいぶん長く続いてたなあ。あれずっと見てたかいトンボリ君。あっそうだね、日本テレビ系列の「踊って歌って大合戦」というのもあった。あれは曲がりなりにもタレントのやる「かくし芸」と違って素人に歌わせ踊らせるというひどい番組だった。そういう番組もありなんだと思わせる時流に乗ったつもりだったんだろうがさすがに低俗番組だと糾弾されて早早になくなった。この頃からそろそろ、槍玉にあげられるとそれを利用するのではなく、すぐに引っ込めはじめたんだよね。佐藤内閣の黒い霧解散というのがあって、それ以後、中曽根総理の死んだふり解散、小泉総理の郵政解散、野田総理の近いうち解散、そして現代まで来て安倍総理のアベノミクス解散と続き、主な解散では必ず自民党が圧勝するという奇妙なパターンができた。おっ。黒い霧か。この霧というやつ、ずっと気になってるんだけどね。川端康成、石川淳、安部公房、三島由紀夫なんて人たちが文化大革命に対する抗議声明を発表したけど、ねえトドカベさん、文藝出版社の編集者としてどう思いますか。そうですねえ。あんなものを批判したってしかたないでしょう。文化のわからぬ連中がやってるんでしょう。日本の最底辺の連中を文化がわかってないって言って批判するのと同じことでしょう。あの人たち、自分らを理解しない連中に苛立ってあんな声明を出したんじゃないかな。そのうち日本でも文化を破壊しようとして文化人へのいじめを始める若い奴らがあらわれますよ、もう始まっているんじゃないかな。あはははは。タレントや作家などが議員として大量に出現しはじめたのもこの頃か。石原慎太郎、大松《だいまつ》博文、今東光、青島幸男、横山ノックたちである。大衆社会と言われはじめていたこの頃、そんな社会に強烈な違和感を覚えていたのだったが、その答えをおれはダニエル・ブーアスティン「幻影《イメジ》の時代」に見出したように思い、「東海道戦争」など疑似イベントものの作品を書き、発表した。トドカベさん、一緒に東大へ取材に行きましたよね。あの東大に機動隊八千五百人が投入されましたよ。学生が安田講堂などを占拠したんです。いやもうおれは取材になんか行きません。おれノンポリ。だって攻防戦の真っ最中でしょ。いやいやご勘弁を。でもあれってやはり、大衆社会になったからなんでしょうかねえ。学生たち、暴れてもしかたがないってこと、わからなかったのかなあ。それも後だから言えることなのかなあ。あの頃から映像が虚構だか現実だか、現実めかした虚構なのか虚構のように見せかけた現実なのか判然としなくなってきて、矢吹丈との戦いで死んだ力石徹の葬儀をほんとにやっちまったんだものねえ。あれ、初めてでしょう、架空の人物の葬儀を実際にやるのって。それも講談社の講堂でやったんだ。あっちは安田講堂でどっちも講堂でフィクション、フィクションした感じでおれは記憶している。そして少しの時が過ぎて浅間山荘事件。山荘をずっと映し続けていたテレビ画面、あれテレビ局は実況中継しているつもりだったんだよね。ストーリイの展開がないまま視聴者だっていつまでもいつまでも眺め続けていた。あれって何だったのかなあ。いつ何が起るかわからないからだったのかなあ。あれが大多数大衆の期待に応えることだったのかなあ。だとしたら、テレビって何なんだろうね。そう言えばあの頃おれは23時ショーというつまらない番組の司会を務めていたのだった。局がNETであり、日本教育テレビともあろうものがおかしな番組をやる筈がないと思ってうかうか引き受けたのだが、加賀まりこと二人で司会した番組の内容と言ったら。あああ。深夜のアダルト向け娯楽ショーと謳っていたが、過激なお色気を売り物にしたこんなエロ番組に出るんじゃなかったと悔み、それは確かに政治など硬派なテーマの時もあったけど、あまりにもひどかったので半年で降りた。あの頃は各局競争でああいう番組を作っていた。これが視聴者の期待に応えるものである、おれたちのやり方が正しいのだと思い込んでいる局のスタッフ連中の威張り方もひどかった。ねえねえトドカベさん、この煙草のパッケージ見ましたか。「健康のため吸いすぎに注意しましょう」って、自社の製品を臆面もなく褒めちぎる厚顔な時代ですよ。なのに自社の製品の悪口をその製品に書くという神経。この両極端はなんですか。それほどまでに大多数は強くなってきて、それを気にせずにいられなくなったんですか。えっ。その違和感を作品に書けってんですか。じゃあまあ、「最後の喫煙者」というタイトルの短篇でも。あはは。東京地検によって「四疊半襖の下張」を「面白半分」誌に掲載した野坂昭如らが起訴された事件があったけど、丸谷才一が特別弁護人に選任されて五木寛之、井上ひさし、吉行淳之介、開高健、有吉佐和子らが証人申請されたもののすべては無駄に終り、結局はチャタレイ裁判と同じ結果に。それでも前回と異なり、ずらり登壇した多弁多彩な有名作家たちとマスコミ大衆に配慮してか判決文には奇異な文言を何やかやと付け加えていた。変だったなあ。

マスコミの力を誇示した映画「大統領の陰謀」によって、密告者をディープ・スロートとして描き、恰好よい存在にした。あれから内部告発が増え始めた。内部告発イコール愛社精神という変な論理だ。密告者はマスコミにとって金のなる木だもんね。稲葉法務大臣が「現行憲法は欠陥が多い」と発言して問題になったけど、いつまで経っても欠陥がないままの憲法なんて存在しないでしょうが。あれは法務大臣が言ったから問題になったんでしょ。そうそう。百里基地訴訟では東京高裁が自衛隊に関して憲法判断の必要はないと判断したんだっけ。合憲とも違憲とも言ってないんだったなあ。でも違憲だとした住民が負けちゃった。結局、合憲ってことなんじゃないの。

キャンディーズが後楽園球場でのコンサート「ファイナル・カーニバル」をもって解散。「普通の女の子に戻りたい」というのは本心ではなかったのか。タレント活動を続けたではないか。ただ疲れただけだったのか。これに類似の科白や事件はいくつかあり、いちいち騙された気がしたもんだ。ピンク・レディーの時などはひどいもので、解散公演のあと何度も期間限定の再結成を繰り返した末、三十年経ってから解散はなしとして永続することとしたのだ。ドラフト指名制度というのは選手に球団を選ぶ権利を与えない不愉快な制度である。もしおれが講談社から指名を受けて、新潮社にも文藝春秋にも書けないとなればどんな気持ちになることとか。江川が「空白の一日」を利用して巨人と突如契約を果たした時には「頭良い」と快哉を叫んだものである。なのにこれを糾弾する言説が多かったのはやはり日本人だからか。日本のマスコミだからか。ドラフト制度は日本人向きの制度だったのか。この頃からだったか、いじめによる自殺が頻発したが、いじめた生徒やその家族の記事はほとんど出ないという奇異な報道が現在に至るまで続いていて同種の事件はあとを絶たない。家族会では、いじめた生徒の父親が非難される息子を庇い「息子が自殺したらどうするつもりだ」などと絶叫。言論の自由もここまで来れば立派なもので、もはや誰も何も言えまいね。こんな父親の息子は絶対に自殺などしない。もうすぐ春ですねえ。ちょいといじめてみませんか。

ＴＢＳが「クイズ１００人に聞きました」というクイズ番組を始めた。一般人百人に対して行ったアンケートの結果を推測して答えるという変なクイズだった。一般人がどう考えるかを考えるという、もとネタはアメリカのテレビ番組らしいが、まさに大衆社会にどっぷりの番組で「あのう、それ、どうでもいいことでしょ」と突っ込みたくなったものである。やあ久しぶりだねトンボリ君。えーっ。黒澤明の「影武者」がカンヌ国際映画祭の最高賞を受賞だって。だってあれ、黒澤の駄作ナンバーワンでしょうが。黒澤への授賞、だいたいが遅過ぎるんだよ。今まで受賞させ損なっていたからっていうんであわてて受賞させたの見え見えでしょうが。これは厭でしたねえ。黒澤監督のためにも、カンヌ国際映画祭のためにも。いりませんよそんなもの。なんですか義理チョコって。ふん。蔭でこっそり言ってる分にはいいけど、堂堂と「義理チョコ」なんて言うのは開き直りも甚だしい。そしてやがては「義理チョコ」として売り出されるんだもんね。それを認める日本人も愚かなもんだ。まだツイッターもない時代なのに、この頃からそろそろ全国的に大掛かりな嫌がらせが流行しはじめた。ご存じ隣人訴訟である。留守をするので隣家の夫婦に預けておいた息子が、近くの溜池で溺死した。両親は隣家の夫婦を訴えたが、「近所づきあいに冷や水をさすのでは」といったマスコミの論調もあり、全国から卑劣な嫌がらせが殺到したため原告は引越さざるを得なくなり、はては訴訟を取り下げた。腹が立てば訴えればよいという考えもどうかと思うが、やはりいやなのは惻隠の情がなくなってきて大多数の暴力が日常になることである。

新語・流行語大賞の顕彰が始まった。この年の流行語大賞は渡辺和博の「マル金・マルビ」。バブル直前の時期だったが、同じ人気職業の中でも金持ちと貧乏人がいることを表現しただけだったのに、マスコミはこれを一般大多数に敷衍した。金持ちと貧乏人がいる。当り前ではないか。そしてその翌年の新語大賞は「分衆」。経済的絶頂期目前の日本社会の自信を表したとされる新語である。日本人の価値観は多様化・個性化・分散化してきたとし、従来の均質的な大衆ではなく分衆が生まれたとした。勿論定着せず。おれも含め、日本人はいつまでも均質的な大衆である。そしてその翌年は「新人類」が流行語大賞。昔から存在する言葉で、筑紫哲也や栗本慎一郎も使っていたが、特にこの年は西武ライオンズにおける清原和博、工藤公康、渡辺久信など若手を指して言われた。無論最初は単に理解不能な若者を否定する言葉だったしこれ以後の使われ方もそうだったのだが、のちの「人新世」のような地質学的考察はいっさいないままの命名である。マスコミは人間を規定するのが大好きだが、その新人類が歳をとると新人類でなくなるのは何故かを言わない。若いの若いの飛んでゆけーっ。

臨教審最終答申で国歌と国旗を尊重するべきことが提唱された。国歌と国旗、民族主義につながると言って反対する人がいるけど、そうなのかなあ。「君が代」は「天皇の世」だからいかんと言うけど、それこそ「君」は「恋人」の意味だと思っときゃいいんじゃないの。あはは。男女雇用機会均等法の施行以来、子連れ出勤の是非の議論、特にこの年はアグネス論争などがあった。彼女は番組の収録に赤ん坊をつれてきたのだが、そもそも局から出演を懇願され、子連れでもいいからと言われたためだ。無関係の者が眼を吊って論じるほどのことか。批判派、擁護派、どっちにも違和感あるなあ。昭和天皇が崩御された日、おれは皇居の向かいにある銀行の最上階大ホールで講演する予定だったのだが、自粛とやらで中止にしたと告げられた。腹が立ったので、ではこのことをエッセイに書くと宣言したところ、講演料は渡すということであり、折り合った。マスコミの勝手な忖度による自粛ムードは天皇存命中からあり、多くのタレントに迷惑を及ぼしていたのだった。日本相撲協会が女性初の内閣官房長官森山眞弓による総理大臣杯授与を拒否したが、これは当然だろうねえ。相撲の魅力は第一に封建的ロマンだ。男女同権なんてとんでもない話なんだよ。相撲協会が批判されること自体、封建的ロマンなんだろうねえ。カンリッ君カンリッ君。朝日新聞で連載されていたサトウサンペイの四コマ漫画「フジ三太郎」だけどねえ、終っちゃったねえ。あれ、サラリーマン差別だって言われて評判悪かったねえ。本当のこと言うと差別だとされるの、あの時代からだったなあ。おれには面白かったから悪口読むたびに変な気分だったなあ。日本共産党が野坂参三名誉議長を解任ののちに除名。えーっ。百歳にもなる歴史的な偉人じゃないの。アメリカのスパイとかソ連のスパイとかいった単純なもんじゃないでしょうカンリッ君。まあ共産党にとってはソ連から自立している証拠にしたかったんだろうね。青島幸男が東京都知事になり、横山ノックが大阪府知事になり、死んだばかりの渥美清に国民栄誉賞が贈られ、虚構と現実がますます近づいてきた。渥美清の場合は特に、寅さんに対する賞であったろう。寅さん以外に当り役はないのだから。

マスコミの取材がますますひどいことになってきて、東電ＯＬ殺人事件では社会問題にまでなった。暴力的なインタヴューをするテレビの画面を見ていて腹が立ち、ゲバ棒で殴り込んでやろうかと思った後藤明生のような作家もいた。君が代斉唱や日章旗掲揚に反対する教職員と文部省の通達との板挟みに遭って、ついに広島県立世羅高等学校の校長が卒業式前日に自殺した。これがきっかけで国旗国歌法が成立したが、強制力はない、と小渕総理大臣は言う。その小渕総理が病に倒れ、森喜朗が総理となり、うそつき発言を皮切りに神の国発言など失言を連発。マスコミから嫌われてついに退陣。大衆社会とマスコミ社会の境界が次第になくなってゆく。これはだいぶ前からだけど、ワイドショーと報道番組がくっついてきて、専門家でない人や芸能人が当り前のことをできるだけたくさん他の人の言うことを聞かず狂ったように喋り始めた。こっちはただニュースを知りたいだけなんだがなあ。あっ。これは知っているぞ。そうだ、昔のホームルームだ。街頭録音だ。これもポピュリズムだろうか。いみじくも小泉内閣がワイドショー内閣と呼ばれはじめている。ああ。なんだかいやな黒いものが立ち籠めてきたが、これは何だ。そうか霧か。ウンベルト・エーコにも霧に魅せられた男を主人公にした小説がある。「本で霧の描写に出くわすと余白に印をつけてた」というそんな男は言うのだ。「霧の中にいるみたいだ。霧が見えないだけでね。自分以外の人たちが霧をどんなふうに眺めたかはわかるよ」この霧というのは見えにくくなった過去のことなのか。おれは嫌いだなあ。この霧、いったい正体は何だろうねえカンリツ君。マスコミかなあ。大衆かなあ。ポピュリズムかなあ。でも霧そのものは見えないんだよね。日本テレビ社員による視聴率不正操作事件が発覚。これ、もっと早く起っていても不思議ではなかったなあ。イラクの日本人人質事件では自己責任論が強まり、家族や本人への猛烈な誹謗中傷があった。「どうせ共産党でしょ」とか「何様のつもり」とか。外国人記者たちは記者会見における家族のおびえた様子を見てショックを受けたらしい。これが日本の大衆社会だ。そして本屋大賞が始まった。そもそもは直木賞受賞者が出なかったことに怒った出版社社員が始めたらしい。「全国書店員が選んだいちばん売りたい本」をキャッチコピーにした。ねえカンリツ君。これは文学賞の評価基準に資本主義が導入された最初の例じゃないの。えっ。違うの。うーんそう言えばそうか。でもさ、ケータイ小説のブームで年間ベストセラーランキングでトップ3を独占したあれは何だったの。やはり大衆社会だからでしょ。ああ。東日本大震災による風評被害ね。あれは正確には報道被害じゃないの。「国民の生活が第一」という名の新党が結成されたけど、北朝鮮じゃあるまいし身もふたもない党名。これ、当り前でないの。平成二十四年に体罰をした教員は約六千七百人、体罰を受けた生徒は約一万四千人と判明して下村文科大臣が

「恥ずべき数字」と言ったが、昔ならもっとあっただろうし、むしろこれだけの数、表沙汰にするようになったことが驚きだ。裁判員制度でいろんな問題が出てきたなあ。昔「12人の浮かれる男」というのを書いたが、あれは無罪になる筈の被告を死刑にして面白がるという話だった。だけど実際には一般の人たち、そんな余裕なんかなかったんだ。リベラルかあ。あれもすぐに戦争反対でしょ。革新や左翼との関係を絶ったって、共産党寄りでしょ。よくわからんなあ。政治ネタが多いからもう流行語大賞をやめようと言い始めた人たち。

そして角界の暴力事件が表面化する。あああ。相撲の魅力は封建的ロマンにあるんだがなあ。「忠臣蔵」でもわかるように、悲しいかな封建的ロマンには暴力や死がついてまわるのですよ。しかしテレビはじめマスコミはこれを民主主義で論じた。そうか。違和感の原因は民主主義でこそあったのだ。ホームルームこそが戦後民主主義の走りだったのである。街頭録音に始まる奇怪さの連なりこそは民主主義であった。そうか。本屋大賞は資本主義の導入などではなかった。あれこそ民主主義だったのだ。おお。この立ち籠める霧。これこそ民主主義。今こそわかったぞ。何やら模糊模糊として見えるものも見えなくし見えないものを魅せていた正体が。でも厭なんだよねえこれ。どうも好きではない。不快である。いったい民主主義は愚民制度なのかポピュリズムなのかポピュラリズムなのか。そう言えば有名な女性の歴史学者や女性のジャーナリストも言っていた、ナチスだって民主制の中から生まれたのだと。だから独裁制につながり、だからこそ危険なのだと。じゃあいったいどうするのカンリツ君。えっ。他にも民主主義が嫌いって作家がいるの。そうかあ。でもさ、なにか民主主義に替わるものがあるの。そうなんだよねえ。今のところ、代替できるものは何もないんだよねえ。民主主義を今や敵と看做すべきだという哲学者が何人もいるらしいんだけど、こっちは単純に嫌いなだけだ。このいやな世の中、死ぬまで、どうやって時間を潰せばいいいんでしょうかねえ。

ニューシネマ「バブルの塔」

扁桃腺は偏西風に乗る。悪事千里を走って今は北の国。詐欺師のカタリーナ・ゴロツキーや泥棒のスベターナ・マラゾフといった美人連中と共謀しロシア経済顧問となったゴールドマン・アルトサックスを騙してロシア連邦中央銀行から一千万ルーブルをせしめた私は、ずっと以前から仲間だった筈のウラギリール・コロシェンコに追われてその金を奪われた。油断するべきではなかったのだ。だが殺されそうになったその時の傷もやがてすぐに新たな詐欺的文学行為のプラシボ効果でスパシーボスパシーボ。キメラのガメラをカメラに収める。精神を甦らせた私はたちまち復讐の鬼となり彼を追ったのだが、カタリーナ・ゴロツキーとスベターナ・マラゾフの女性二人は彼に殺された。安全剃刀の刃を数百枚肌に刺し込まれて差し込まれてそのスリットがデメリット、目の前で惨殺されたカタリーナ・ゴロツキーを見て、スベターナ・マラゾフの喘ぎながらの最期の言葉は次のようなものであったという。

「あっ。では次にわたしも殺すのね。いやいやいや。殺さないで殺さないで。でも殺すのならあっさりと殺してね。あっさりと。苦しむのはいや。痛いのもいや。カタリーナ・ゴロツキーを殺した方法以外の方法で殺して。えっ。なんで命令したらいけないの。ああ、そう。偉そうに命令したからわざと苦しむような方法で殺してやるって言うのね。ああそうか。なるほどなあ。じゃあ折角だから、苦しんで死んでやろうか。死ぬときの苦痛だって人生の味のひとつだもんね。たっぷりと味わって死ななきゃ損だもんね。だって死を見ること家に帰るが如しって言うもんね」そんなこと言うもんか。

かくてスベターナ・マラゾフは両手の指を左右交互に一本ずつ切断されていき、苦しみに苦しみ抜き神様お慈悲ですお慈悲ですこれほどの苦痛はもはや苦痛とは言えませんこれは死の苦痛以上の苦痛ですと顔の相が変るほど絶叫し続けたのだったが、結局指を七本取られただけで早くも気を失い、失血死で死亡したという。そうなんだ。彼女たちの復讐もしてやらなきゃな。男はいつもそうだけど、あとでわかって気がついて、ああ、ああ、おれが悪かった、カタリーナ・ゴロツキーとスベターナ・マラゾフは共にその笑みが極めて蠱惑的な薔薇のような女たちだった。彼女たちの嫉妬し合うことのない私への愛を憶うたびにウラギリール・コロシェンコへの憎悪は甦るのだ。彼奴《きゃつ》はいつも私の才能と人気に猪を妬む豚の如く嫉妬していた。私の両側に寝そべる二人の金髪美人を想像してはめらりめらりと憎悪の焔を燃やしていた。どこにいやがるあの豚に似た豚野郎め。必ず屠り去ってやるぞ。

ソ連に占領されたばかりの北のなだらかな丘陵地帯を歓喜という名の怪獣が行く。歓喜はでかい図ぅ体が極彩色で色分けされていて時おり歓喜に満ちた大きな眼を見開いてこちらを見るが、まったく声を出さない。歓喜しているなら歓喜の声を張りあげてもよさそうなものだが、ただ大きな赤い口を開けるだけだ。だからこちらだって嬉しくもなんともない。それに比べたら東の平原を行く悲哀という名の怪獣はなんとも言えない不条理な声を張りあげて咆哮する。聞いている者も悲哀に包まれて、自殺した者も大勢いる。この悲哀は全身が半透明のサファイア色をしていて、その巨大さは歓喜に劣らない。こうした怪物はロシアにはたくさんいて、急に増えはじめたのは今私がいるソヴィエト時代だったらしい。特に歓喜は私がこの時間に来た時爆発的に増えた。ただ悲哀に関しては別のフィクションから流入してきたキャラクターだというが、その作者が誰なのか読者は知らない。あっ。それを聞いてどうする。わが心の平原の彼方からは次つぎと疑惑の黒雲が湧きあがってくるかのようだ。

そんな世界を旅していると、時おり背後にカタリーナ・ゴロツキーが出現する。死んだ時のように全裸である。勿論幽霊なのだが本人に幽霊という自覚はないようだ。そして幽霊相応の筋の通らない、夢のような話をしかけてくる。「ねえねえね。ウラギリール・コロシェンコは猫だったのよ。何度も殺されそうになってなかなか死なない猫だったのね。そしてあの猫の殺しかたはねえ、舌に釘を打ち込むんだって。そうよ。別のフィクションから避難してきた猫だったのよ」

「いいや、あいつは猫なんかじゃない。ウラギリール・コロシェンコはロシア皇帝の血を引く歴としたロシア人だ。殺しかたはな、焼けた針金を耳に突き刺して鼓膜をざわわと突き破り、そいつを脳に達するまで奥に突っ込んでがりがりごりがりごりと掻きまわして狂い死にさせる。あいつは今、巨根の陳沈珍と一緒に、ナマコの養殖やクルーズ観光に中国資本が投資した八千万ドルを狙って、まずは下準備とばかり、択捉にいる。私は横からそいつを戴くと同時に奴を殺す。そうとも。以前、天安門事件の直後に香港全土の中国銀行から五十億香港ドルが引き出された時、それを共産党政府職員に化けて戴こうとした私を騙して横から掻っ払ったあの憎い憎い陳沈珍も一緒に殺す」

カモイワッカ岬まで追いつめたウラギリール・コロシェンコと陳沈珍に、お前たちの死に場所はここだということを言い含めてやると、まず陳沈珍が勃起したペニスから尿をどっと噴出させて喚き始める。「近習兵が来るあるぞ。お前なんかすぐに両手首切断されるあるぞ。屍体は缶詰に加工して北朝鮮と韓国とバルト三国に売るある。私たちを殺す実にまことにいかんある。殺すないある。助けるある。殺されたら私死ぬある。死ぬのいやある。チャンウェイチャンウェイツーツーカイあるぞ。あの娘もこの娘も私が死んだら嘆くある。私のこの逸物、他にふたつとないからあるよ」

叫び続ける陳沈珍の巨根を鋭利な青龍刀で縦にすっぱりふたつに断ち割り、さらに横に割って四本にし、さらに斜めに割って八本にし、さらに十六本にし、さらに三十二本、六十四本と、ええと、勘定は合っているのか。これぞささらペニスの刑なるぞ。そのささらペニスの根元を握りしめ筆先から流れ落ちる鮮血の赤い文字でこの世の名残りのダイイング・メッセージを書けと命じれば、真っ赤に充血した恨みっぽい眼でこちらを見ながら大地に「恨」と書いてくるりと眼球を裏返し、引っくり返って死ぬ。

ひやああああああと叫び、この陳沈珍の死にざまを見ていたウラギリール・コロシェンコの命乞いが始まる。日本語ならさしづめ次のようになる。「その血だまりは吹きだまり、秋の夕日に照るヤマモミジ、恋の振り袖ああ今はもう動かないおじいさんの屍体。深い紫色の闇に沈潜してロイハニロイハニ、ハロイトヘホニハ、ホヘハホヘハ。背景の夜空の布をちょいと下向きの窓に切って捲りあげれば彼方はモスクワ。私は一羽の蝶となり韃靼海峡を西へ飛ぶ」

畜生。また時空を超えて逃げやがった。しかし私にとって具合のいいことに彼がモスクワに到着した丁度その時期、外国からの資金調達に依存していたロシアの大企業は世界的な信用収縮の影響をまともに受け、特にグルジア戦争開始以後は西欧の銀行がロシアに金を貸したがらなくなっていたので国内経済は冷え込んでいた。これじゃロシア人は誰も騙せない。私以外の詐欺師の大群、あいにく彼らは私たちのような時をかける詐欺師ではないから、ハラショお手上げどうしましょ、あの悪名高いモジョジョジョの親分に縋ってもどうしようもないことはわかっている。世界へ出て行ける知能と自分の国から出て行けない知能があるとすれば、ロシア人はほとんどが自国から出られない。

モスクワのメトロポール・レストランで私はウラギリール・コロシェンコがフランス一の掏摸と言われているサブテーラ・スーリとマジに仲良くマジ・シャンベルタンを飲みながら話しているのを幸運にもすぐ背後の席から盗聴することができた。錆びたナイフのような魅力的な声で彼は彼女にこう言っていたのである。

「文学を学んでいる連中がなぜ評論家になろうとするのか、私にはその性根がさっぱりわからない。例えばトルストイやドストエフスキーの研究をするのはいいが、それを評論として執筆する前に、なぜ自分自身がトルストイやドストエフスキー以上の作家になろうとして小説を書かないのか。せっかく研究したんだから私ならそうするだろうし、その評論以前に存在している筈のその小説作品を書く方が手っ取り早く文学的資産を後世に伝えることができる筈だ。それにもし私が評論を書いたなら、トルストイやドストエフスキーの作品そのものはプラスに評価しても、評論家たちとは逆にその人生論や私生活に関してはすべてマイナスに評価するだろうね。それは小説以前の問題であって、評論するほどのことじゃないんだから」

私はちょっと感心した。一流の詐欺師ならこういう考え方をしなきゃならないのか。しなきゃならないんだろうな。七代前の先祖がミシシッピー計画に加担して開発バブルで大儲けしたというサブテーラ・スーリも彼の言葉に感銘を受けた様子だったが、この時うかうかとウラギリール・コロシェンコの仕事を手伝うと言ったことが彼女の寿命を縮めることになった。二人は時空を超えてイギリスに渡りそもそもがバブルの語源となったかの南海泡沫事件でひと儲けした。つまり彼らはロシア連邦中央銀行の一千万ルーブルの代わりに南海会社が引き受けた国債によって二百万ポンドを得たのだったが、彼らの後を追った私はついにウラギリール・コロシェンコを捕えて、その二百万ポンドの隠し場所を聞き出そうとした。しかし彼は口を割らず、ひたすらサブテーラ・スーリが持って逃げたと繰り返すばかりである。信じてくれ、長い長いつきあいじゃないか、わたしが女の嘘に弱いことはよく知っているだろう。あの娘は私の下半身に訴えかけたんだよ。そうかそうか。下半身か。ではこの下半身がいけない子ちゃんだったんだね。私は彼を熔鉱炉の上へ鎖で吊るし、そんなことしたら私は熔ける熔けると絶叫する彼の下半身だけを熱で熔けた鉄の中へざぶりと浸けてじゅっと蒸発させた。ウラギリール・コロシェンコの上半身が「うめてけれ」と呻いて息絶える。

例えばバーナード・ローレンス・マドフなどはその詐欺金額こそ六兆円と歴史上最大世界最大ではあるものの、自ら設立した証券投資会社の会長兼CEOとして顧客を騙し続けたのが三十年間であり、そんなかったるいことはしていられない。その点、時をかける詐欺師である私は自由自在に過去未来を往復し金額こそ数百億円単位ではあるものの、僅かな暇にあかして資財を蓄え、サブテーラ・スーリをどこまでもどこまでも追うのである。飛翔体としての私には悪魔の美しさがあるのだが、まだ尊敬するマルキ・ド・サドの時代には行ったことがないし行けないのだ。バスティーユやシャラントンに入りにくいこともあるが、そもそもが侯爵を尊敬し過ぎているからかもしれない。さらにまたそんな時代に行ったところでまだ大がかりな金融詐欺などはない筈だから。ああ。でもサド侯爵、あの暴力的なポルノグラフィーの実現こそ私の夢なのだけれど。そして侯爵の著書を翻訳して罰金刑となった澁澤龍彦氏もまたわが敬愛する作家であるのだけれど。

サブテーラ・スーリが有名な不良娘グレタ・シュローデルの従妹だと知り、私はドイツへ飛翔する。ノスフェラトゥの故郷だからさまざまな吸血鬼が蠢いていて私は驚いた。ヴァンパイア、ドラキュラ、カーミラ、テッサリア、グール、キョンシーなど伝説の吸血鬼に加えて別のフィクションから避難してきた吸血鬼や吸血鬼類似のキャラクターがこれほど多いということは、これはもはやロラン・バルトの言う「作者の死」に他ならないのである。何。それを追究したらメタフィクションにならないかだと。心配するな。私の立ち位置はポストメタフィクションだ。ポストメタフィクションとはメタフィクションを殺戮的に否定することばだが、それでもうすぼんやりとメタフィクションを存続させることばでもある。あははははは。

馬鹿な娘だ。サブテーラ・スーリは私から財布を掏ってしまった。彼女は従妹に騙されて二百万ポンドを奪われ、無一文になっていたのだ。財布に内蔵したセンシング機器からたちまち位置がばれ、かくして私は美しい彼女を情感籠めて嬲り殺すのだ。「ぞくぞくするわ。ああ。ぞくぞくするわ。あなたがどんな色情狂的な手段と情欲的な方法でわたしを殺すのかを想像すると恐ろしさと期待にぞくぞくするわ。あなたがどんな煽情的な器具でわたしを殺すのかと想像すると快美感にぞくぞくするわ。ああ。やっぱりそういうことをするのね。わたしみたいな美しい娘が嬲り殺されるのならやっぱりそういうことしかないだろうなと思ってはいたわ。でも痛いだろうな、苦しいだろうなとも思っていたわ。でもわたし、そんな風にしてわたしを殺すあなたを愛しているわ。本当よ」

その通りだよサブテーラ・スーリ。これは君を殺すために考え出された最高の甘美な方法だ。何しろ全裸にした君を手造りの断頭台ならぬ断胴台へ仰向けに寝かせ、ずぱ、と腹を断ち割ろうというのだからな。何。そんなに簡単に殺したのでは嬲り殺したことにはなるまいと言うのか。なあに。断胴台の巨大な刃は秒速一センチメートルで落ちてくるのだよ。振り子のように揺れながらな。首ではなく胴を断つのだから、処刑後しばらくは意識だってある筈だ。そら行くぞ。爽やかな朝だわ。朝の光の息遣い。なんて気持のいい朝なんでしょう。朝日のように爽やかなぎゃあああああああ読者諸君よこの心地よき悲鳴を聞きたまえ。この猥雑なる情景をとくと御覧じろ。よしやった。下半身と別れた上半身のこの世のものとも思えぬ痙攣。成功だ。待て待て。予想外のものが出てきたな。この胎児は誰の子供だ。ウラギリール・コロシェンコの子供か。まさか私の子ではあるまいな。まあよい。胎児も胸部切断で誕生前に死亡しておる。それにしてもわが虐殺の多彩さを見よ。おお私の想像力と創造力にあふれる残虐性と残虐行為。だがあまりにも自分の殺戮の才能を自慢するのはよそう。真に才能のある者は自分では自覚せず、他人に指摘されて初めて自覚するものだ。こら誰か早く指摘せんか。それにしてもだ、自分の才能をひけらかす奴はたいてい無能である。もう死んでいるがウラギリール・コロシェンコや陳沈珍やサブテーラ・スーリにわが才能を指摘し証明して貰いたかった。それが死後にできるものならな。おやおや。今何だか私はひと皮剝けようとしているらしい。死への考え方が変ってきた。恐らく私にも死が近づいているからであろう。これはいかん。早いところウラシマ効果で若返らなければならぬ。

グレタ・シュローデルはインドへ逃げていた。そこにはカッパラーイ、ウラノウラパラーイ、バッタパラーイという泥棒で音楽家の三人兄弟がいて、折しも経済急成長中のインドはバブル崩壊の引き金を引くのではないかなどと世界から噂されていたほどの好景気だったのだが、彼らはグレタの美貌を武器に、高額紙幣廃止の混乱に乗じて大企業の金一億三千万ルピーを猫糞した。猫糞と書いてネコババと読むが、猫婆と書く場合もあり、この場合は語源から判断してあきらかに猫糞であろう。かれらがその金を海外へ持ち逃げしたからである。逃げた先は中国。彼らは中国の大企業ネコババ・グループの総帥ネコババ・マルスターニにグレタを抱かせて自分たちはネコババのお抱え音楽家となり、時間をかけて中国資本をかすめ取ろうと虎視眈眈、平平坦担いつもの手順、結局二年もかかったが登録会員数が三千万人を突破した時、その会費のほんの一部である三億元を首尾よく奪取した。この大盗難に遭った中国共産党政府は大いに焦り、彼らをつけ狙っていた私までが犯人の一味と思われて危うく逮捕されそうになったから、もうなりふり構っていられないと思って私は彼らの仲間に入り、マレーシア、シンガポール、ブルネイ、インドネシアといったマレー語圏内各地を転転と漂泊する。行く先ざきでチョロマカシてはテレマカシ、ありがとさんとてまたチョロマカシてテレマカシ、少しずつ少しずつ金を増やしながらいよいよアメリカへ飛ぼうという時、今までのすべての借りを返させようとして私は彼らを処刑した。

　グレタ・シュローデル、カッパラーイ、ウラノウラパラーイ、バッタパラーイたちと共にネコババ・マルスターニもついでに吊るして、まずは美しきグレタ・シュローデルの下半身に純粋のエタノール・アルコールをぶっかけて火をつければ全身青白い焔に包まれてステルベンステルベンあたいはステるあたいはステると絶叫し悶え苦しむもと看護師でもあったグレタの姿。ああグレタよそなたは不良少年たち誰にも萬戸を開きNO、NO、門戸を開き招き入れた。私もその好意に与ったのだ。死に直面している彼女のその美しさたるや例えようもなし。わが脳髄から湧出するドーパちゃんノルアド氏セロト君らホルモン一族の活動にはうっとりとせざるを得ぬ。眼を見開き息を呑んでグレタの金髪が焔に包まれ白い肉体が炭になり灰になり行く姿を見ていたカッパラーイ、ウラノウラパラーイ、バッタパラーイが次は自分たちの番と知りすぐに死んだ方がましとばかり殺せ殺せ殺してくれすぐ殺してくれと哀願する。そんなわけにはいかんのだよインドの兄弟たち。ゆっくりと私の眼を楽しませてから地獄の苦しみと共に死んでいってくれ。ああ。ああ。ああ。どうぞ爽快な死を。引き延ばされ遅延することのない瞬時の死を。ああ。マーフキージェ、マーフキージェ、日本語に訳せば、早くもお花畑が見えてきた、サルバルサンサルバルサン、ハリバ、エキホス、中将湯。

電気ショックとも電撃とも言う高圧電流を三人の身体に流すことにし、まずは百ボルトの高圧で三人の手から手へと通電させる。それを次第に千ボルト、二千ボルトと高めていく。これは面白かった。いろいろな細工を加えたので美しいアーク放電はあり、電気抵抗値の低い生殖器だけを濡らしてこの世の苦痛とはとても思えぬ極楽のような激痛を与える通電はあり、表情、動き、悲鳴、絶叫、三人それぞれから異なる反応が得られて楽しむことができた。最後は高圧線と同じ六千六百ボルトを流して楽にしてやったのだったが、これを見ていたネコババ・マルスターニは気も狂わんばかりに絶叫して楽に殺してくれと懇願する。そうだね。お前さんは別段おれに対して悪いことをしたわけではない。では一瞬で、ただしある種の壮観と共に死んでもらおうではないか。

叫び続けるネコババ・マルスターニの大きな口の中へ畳んだNS型エアバッグを無理矢理ねじ込んで飲み込ませ、腹へ五分板をぱあんと叩きつけると、エアバッグは瞬時に膨張してネコババ・マルスターニのからだを破裂させ、地下の処刑室を真紅に染め、鎖に吊るされたその肉体からは脊椎骨の分節をなす個個の骨がぱらぱらと落ちたあと、膨らみ切ったエアバッグの周囲には僅かに垂れた皮膚を付着させるのみ。

中国共産党政府の捜索がマレー語圏にまで及んで厳しくなり、たいていのホテルには盗聴器が敷設され、たいていの飲食店には張込みの私服刑事が網を張り、たいていの便所には刺客と売春婦とカーネル・サンダースが潜んでいて、私はまるで反政府的ノーベル平和賞受賞者みたいな窮地に陥った。こうなるとかえってアメリカへ飛ぶのが楽になる。侯徳健ルートで高新航空や周舵航路が使えるからだ。アメリカではパクリフィールド・エシュロンの世話になり、シュタインズ・ゲートの設定でもってあらゆる傍受システムを使い私はアメリカ人の作家になりすました。評判を得ている外国の最近の小説をすべてパクり、さいわい最近のアメリカの小説界はすべて自国で需要を賄う謂わば地産地消、映画化されたもの以外は外国の文芸作品にほとんど興味を示さず翻訳もしないのをいいことに、私はあきらかに盗作とは見破られぬ手法で次つぎと作品を発表し大文豪と呼ばれるようになった。中味はともかくとして、私の小説の多くがベストセラーになることだけが話題を呼びしばしば文学とは無縁のマスコミが取材に訪れた。

「あなたはなぜ小説を書くのですか」

「勿論、金儲けのためです」

「えっ。小説を書くのは金儲けのためなんですか」

「今そう言ったでしょ」

「ええとですね、他の作家のかたはそうはおっしゃらなくて、まあ例えば今これについて自分が書くべきことはこれだということを書いているのだという風におっしゃったりなさいますが」

「ああ。それでもいいでしょ。別にそれがいけないとは言いませんよ」

「でもあなたはあくまで金儲けのためだと」

「あくまでとはなんですか。あなたはあくまで小説を書くのは金儲けのためではない筈だと言うのですか。ではあなたは小説家が小説を書くのは何のためだと言ってほしいんですか」

「ほかの作家で、小説は金儲けのために書いていると言った人はいないように思うんですがねえ」

「ははは。それは実は嘘なんですよ。だって小説はそれ自身嘘なんですからね。ああ。なんだか私は作家のくせにあたり前のことを言っているような気がして、恥かしくてなりません。私をそんな気持にさせないでくださいね」

「なんだかそれはまるで、詐欺師が詐欺を働くのは金儲けのためであり、それは自明のことだとおっしゃっているように聞こえてなりません。おやおや。ではあなたは作家ではなく、詐欺師だったのですね」

「否定はしませんよ。なぜなら詐欺師であることと作家であることは両立するからです。作家はすべて詐欺師だと言っているのではないから間違えないように。それから、あんたはまさか詐欺より文学の方が高級だなんて思っちゃいるまいね。文学は読者がこれは嘘だと思っていても成立するが、詐欺が嘘だと思われたらもう駄目なんだからね」

「あっ。なんということをおっしゃるのでしょう。あなたはさっきから、そもそもが悪事である詐欺行為を、そもそもが善き行為である文学行為と同じレベルで論じておられるではありませんか」

「私は高級か低級か、つまりレベルの違いを論じているんだがね。まあよかろう。詐欺行為が悪であり文学行為が善であるという議論は、だいたいが文学から最も遠いところにある議論でね、善いことというのは本当に善いことなのかどうか、悪いことというのは本当に悪いことなのかどうか、悪いことというのは実は非常に善いことなのではないかという根源的な問いかけが文学の出発点でなければならない。ああそうかそうか。君たちの所属するマスコミは文学とも無縁、根源的問いかけとも無縁、そもそもの出発点が無縁だったんだね。ではもう何を言っても無縁だ」

何を言うか、マスコミは文学と無縁どころか文学よりもはるか上位に君臨するのだぞとばかりに怒り狂った全米のマスコミがこのインタヴューに対して報復的に報道したため私は文学的にではなくマスコミ的に転落した。だがそれはアメリカでは文学的転落とも看做されたため、これはいけません。私と肩を並べていたソール・ベローやサリンジャーの人気も落ちブコウスキーだのアーヴィングだのオースターだのと変なのが出てきて、ちょうどサブプライムローンの形で不動産バブルが崩壊したため、私はアメリカを見限り、パクリフィールド・エシュロンが青森県に設置されているのを幸いとして聞き耳ネコちゃんに頼み、その通信傍受のシステムを利用して日本に帰ってきた。日本では相撲賭博をやっている暴力団を通じ相撲協会の世話になって慣れぬ相撲取りとなり初土俵から序ノ口、幕下と勝ち進んで十両になった。なぜそんなに早く勝ち進めたのかと言えば、まず下剤を大量に服用しておき、取組のさなかに猛烈な放屁と脱糞をする。鼻がひん曲がるほどのその臭気たるや相手力士は勿論のこと館内いっぱいに立ち籠めて客も含めた全員を辟易させ、相手力士を卒倒させるに到るほどのものであった。これはさすがに問題となってこんなものが決まり手となり伝統となってては相撲界臭くてたまらぬというので幕内には進めず、命令に近い引退勧告が出されて否応無しのお払い箱。そこで時間をやや戻して、またしても相撲賭博をやっている暴力団のお世話になり、ちょうど土地価格が急激に高騰してバブルが膨れあがっていたのをさいわい鷺ノ宮仲麻呂という公家出身の詐欺師と共謀し、日銀が不動産融資総量を規制する前に不動産会社を相手にして大きな詐欺を仕掛けた。これは成功したのだが、果たしてどれほどの収穫があったのかがわからない。例によって鷺ノ宮仲麻呂に裏切られたからだ。奴は詐欺の現場においては結局役者の一人だった私を騙して全額を着服、明後日へと逃亡したのである。

許してはおけなかった。行く先は土地価格高騰期直前の九段にある東京法務局と想像がついたのですぐさま後を追い、逃げる鷺ノ宮仲麻呂が九段の母の背後に隠れようとするところを引っ捕らえる。カタリーナ・ゴロツキーとスベターナ・マラゾフ、ふたりの女の幽霊の手を借りてどうにか縛りあげ、鶴亀鶴亀あの桑の畑の白昼の雷鳴ああ世は夢かまぼろしか死は死にながら死にしゃんす麿は死ぬのはいやでおじゃるいやでおじゃると泣き叫ぶよく肥った鷺ノ宮仲麻呂の口からとろーりとろり生コンクリートを流し込んで風船の如く丸くなったそのからだを高さ百五十メートルのソラマチダイニングスカイツリービューから投げ落せば、恐怖で冷え切って中味のコンクリートがかちんかちんに凍りついているからだは舗道に激突して粉微塵、赤い破片となる。

鷺ノ宮仲麻呂が泣き叫ぶだけで口を割らなかったため金の行方はわからなかった。しかしまあ今や巨万の富を得ている身分、実はオレンジ共済組合まがいの年七パーセントという高配当利回りの定期を売り出していて、これで百億ほどの資金を集めていたから、不動産詐欺など何ほどのことでもない。だいたいが日本の詐欺など小さなものであってリクルートのE、地上げ屋のH、フジサンケイグループのS父子、代ゼミのTなど、きちんと商いをしてあぶく銭を稼いでいる連中と大差はないのだ。それよりも忘れられないのはアメリカにおける大文豪という地位の居心地よさである。あれは今や日本では無理らしい。新たな元号となる年から遡るに約四十年の昔、日本には小説のバブル期があった。サザンオールスターズが「いとしのエリー」を歌いジュディ・オングが「魅せられて」を歌っていた頃だったな。高度経済成長期のその時代の流行作家だった連中に訊くと大きな出版社や新聞社が出している文芸誌だけで二十誌以上、それはつまり「小説新潮」「新潮」「オール讀物」「文學界」「小説現代」「群像」「小説宝石」「文藝」「小説セブン」「小説エース」「小説サンデー毎日」「海燕」「別冊文藝春秋」「問題小説」「海」「小説CLUB」その他ミステリーやSFの専門誌などであって、これらのほとんどが別冊も出していたとも言う。さらには「週刊小説」などという週刊誌まであったらしい。そのような文壇バブルが何故終り、いつ終ったのかについては判然としない。とにかくそれからほんの数年でなぜか本も雑誌も売れなくなり、日本の文壇はたちまち衰退し、ベストセラーになってもたかだか数十万部という情けなさで、新作を出すたび爆発的に売れるという作家もまったくいなくなり、紙の本は電子出版にとってかわり、そもそも活字を読む者も少くなり、それでも流行作家たちの過去の繁栄を忘れられない小説家志望者は次つぎに出現して作家全体の貧困を助長させ、妻の実家に頼ったり娘をキャバクラで働かせたり大学での講義など僅かな副収入に頼ることのできる一部の作家だけが細ぼそと良心的な文学的営為を続けているという有様では大文豪になりようもない。

しかしこのままでは私がなんとなく追い求め仮の理想としてきた詐欺的文学の世界も文学的詐欺の世界も実現不能ではないか。私は日本のお仕着せ文壇に散逸する詐欺的素質を秘めた作家たちを密かに糾合して日本銀行が三つ倒れるほどの巨大詐欺を計画しようとした。そのため多くの作家の作品を読み素行を調査し、果してこの人物を大きな詐欺組織に加えることができるかどうかを判断し処断した。取捨選択貸付信託命の洗濯事後承諾、その結果が次の如き作家名リストとなったわけであるが、普段は詐欺的行為とまったく無縁に見える作家でありながら実は猫っ被りであったりする事例もなくはないことを承知の上でその名前をリストに加えたリストなのだ。またその逆の場合、いちばん多いのは革新的精神の持ち主と見えながらその実この上なき保守的で小心な作家であったということもあり得ると想定した上その名前をリストから省いたリストでもある。これは逆に言えばこのリストの作家たちが厳選された、あらゆる局面での高等演技に秀でた、しかも善悪を区別することがないにかかわらず仲間を裏切ることだけはない優秀な詐欺のメンバーであるとも言えよう。まずはその作家たちを明かすならば順不同で次の通り。

町田康。蓮實重彦。阿川佐和子。夢枕獏。阿刀田高。奥泉光。池澤夏樹。川上弘美。荒俣宏。桐野夏生。島田雅彦。嵐山光三郎。京極夏彦。井沢元彦。伊集院静。吉田知子。湊かなえ。池井戸潤。石田衣良。糸井重里。筒井康隆。林真理子。猪瀬直樹。円城塔。大岡玲。荻野アンナ。綿矢りさ。笙野頼子。辻原登。貴志祐介。綾辻行人。東浩紀。今野敏。小林信彦。佐藤正午。田中康夫。清水義範。山田詠美。椎名誠。瀬戸内寂聴。曽野綾子。田辺聖子。金原ひとみ。森博嗣。山本一力。森村誠一。宮本輝。村上龍。重松清。又吉直樹。宮部みゆき。髙樹のぶ子。阿部和重。吉本ばなな。高橋源一郎。藤原智美。本谷有希子。川上未映子。古井由吉。髙村薫。佐藤亜紀。藤田宜永。辻村深月。角田光代。平野啓一郎。小川洋子。田中慎弥。高橋三千綱。羽田圭介。桜庭一樹。矢作俊彦。小池真理子。絲山秋子。

わはははははは。壮観じゃ。このひと癖ありげなおっかない顔ぶれが居並べば小説を知るたいていの者は腰を抜かす。全員がこれに加わることを承諾するならば驚天動地のこの企み、さあてさてさてサラサーテ、ただちに蠢動しはじめようぞGO！

レダ

社長と副社長がつかみあいの喧嘩をせんばかりの勢いで口論するその背後、正面のでかいモニターには、わが社の現在の株価を示す折れ線グラフがどんどん下がってゆき、わしは自分の席で固まっておったが、下半身が温かかったので、もしかすると失禁しておったのかもしれん。わしの親衛隊でわしが立憲トロップ党などとふざけて呼んでおる重役の二十数人もただあきれ果てて見ているばかりだ。こいつらはもう駄目だな、わしはそう思った。悪かったのはわしのDNAか、あるいは離婚した妻のDNAか。社長はわしの長男であり副社長は次男なのだ。

「もう駄目だ。あいつらは」日課にしている神宮御苑の散歩をしながら、わしは玖珠子《くすこ》に言う。「わしは老人だから旨いものをほんの少しずつ食べたいと言っているのに、ちゃんこ鍋に連れて行きやがる。あいつらは馬鹿のふりをした馬鹿だが、しかしあの二人以外に後継者はいない」

　まだ冬には間があるというのに、枯葉が散っている。玖珠子がわしの腕をかかえると、なんだか地獄の泥の中からわしのからだを引き上げてくれているような気になる。

「またお子さんを作ればいいでしょ。会長はまだお元気だし」風があり、彼女の髪の自然な香りが甘い。彼女と知り合ったのはいつだったのかなあ。もうずいぶんになるような気がするのだが、彼女は若い。わしより五十歳は歳下だろう。

「わしはもう子供は作れないんだよ」そう言ってから彼女の横顔をちょっと眺め、すぐに視線ははずしたものの、その残像にしばらくうっとりする。南無玖珠子観世音大菩薩。わしの子供を作ってくれるつもりかい。そのつもりなのかい。有難いねえ。

「いろいろなことが考えられますわね。クローニングした会長のお子さんを、そのままでは赤ん坊だから、会長が大学を出たのは二十二歳なので二十二年前の過去に戻して、成長した会長を現代に出現させる。又はわたしが二十二年前に戻って会長の精液で妊娠してその子を産んで帰ってきて現代でその子の成長を待つ。あるいはまた」

　玖珠子さんの子なら、くすくすと成長するんだろうなあ、などと思いながら、わしは口を挟んで言った。「オッカ松、という松の木があってな。知っとるかい。あの松はブギウギを踊って女性を誘惑する。気をつけにゃならんぞ」

「風が出てきました。なんだか紫色をした風だわ。マンションへ帰りませんか」玖珠子の表情はいつも悲しげだ。マンションというのはわしのマンションではなく近くにある彼女のマンションだ。

もう何日、わしは自分のマンションに戻っていないか。わしが際立ちチュラ子と名づけている家政婦が大嫌いだからだ。ただし彼女の歌うパロディ演歌だけは腹をかかえるほど滑稽なのだが。

玖珠子はずいぶん遅い朝食を作ってくれている。「有難いねえ。朝から、生シラス大御《おおみ》神《かみ》」

「いっそのこと、わたしと会長が二十数年前まで時を越えて、時を越えると同時に若返るという方法もありますわ」農家のベーコンを食べながら彼女が言う。「子供を産んで、その子の成長を現在で待つんです」

こういう話題になるとすぐ、わしは話をそらしてしまう。「ローマにエンリコ脳膜という友人がいてな、こいつがわしに言った。もし、実験の結果が仮説を確認したら、君は何かを計測したことになる。もし、結果が仮説に反していたら、君は何かを発見したことになる」

「ああ。わたし会長を愛してるのに」玖珠子はまた悲しげに言う。「冗談にまぎらせて本気で言ってるのに。本当ですのよ。なのに話をそらせるんですのね」

「いやいや。わしらは今、神話の中にいる。冗談は冗談でないんだよ」

冗談ではなかった。これは神話だった。いつの間に胚が着床したのだろう。寝室のベッドの上には卵がひとつ乗っていたが、これを玖珠子が産んだのだろうか。ヴェランダや窓の出っ張りに、いつもやってくるあの鷗の姿がない。あいつの卵だろうか。そんな筈はない。これは玖珠子の産んだ卵であり、この卵はわしの子だ。

「あいつはトウゾクカモメのヴァシーリイと言ってな、もしかするとこの卵を取りにくるかもしれんから気をつけなさい」ヴァシーリイは以前からわしの後を追い、ぎゃあぎゃあ叫んだり鼻歌を歌ったりしていたのだ。

卵は過去に送られる。過去で孵化する。可愛いわしの子が生まれる。わしは懸命にその子を育てる。よしよし。おむつを取り替えてやろう。ひやー大量のウンコ・モリコーネ。この子はどこの学校に進むのかな。まず幼稚園は跳ねられた学園に。次いで小学校は笑われた学園小学校。中学校はひねられた学園中等部に。高校は寝そびれた学園高等部。大学は寝取られた学園大学。玖珠子もその子と共に歳をとってしまう。そしてわしも歳をとって、なんと今や百歳。ああ。ああ。ああ。目の前真っ暗。頭の中真っ白。お猿のお尻は真っ赤っ赤。真っ赤っ赤っ赤空の雲、みんなのお顔も真っ赤っ赤。ぎんぎんギラギラ日が沈む。

「また冗談の中に舞い戻ってしまったんですね」玖珠子は神宮御苑の池のほとりで立ち止まり、わしを斜めに見上げて首を傾げた。

「そうだね。そしてわしは今、こんな変な問答をしている小説があったなあと思って、そいつを思い出そうとしているんだ」わしは周囲の青空を見あげてそう言った。「ええと。あれは確か。そう。わしのような老人と、君のような若い娘が、今こうして仲良く一緒にいるようにだな。いつも一緒に歩いて。散歩して。ええとあれは何というタイトルだったかな。横断歩道を渡ってビルの中へ。いやいや。車道を渡って校舎の中へ。いやいや。橋を渡って山の中へ。いやいや。川を渡ってお墓の中へ。いやいや」

「わざと仰有ってるのね」玖珠子はくすくす笑って言う。「ヘミングウェイですね。河を渡って木立の中へ。ゲイリー・クーパーはもうお爺さんだったけど、ヘミングウェイに薦められても、あれを主演映画にしませんでしたわ」

「いい話なんだがなあ。若い人にはつまらんかもしれんが、老人になってから読むと身につまされるよ」少し涙が出てきたのでわしはあわててそっぽを向く。

池の水が臭った。魚がいる臭いだ。池の水を全部抜いてどうする。何が出てきてもいいではないか。財布、長持、木のハンガーと針金のハンガー、小型金庫にコンクリートブロックに煉瓦。そしてキャッシュカードに携帯電話。在来種であろうが外来種であろうが、池に生まれ池で成長したような、そんな魚はどうせ食えない。周囲で見守っている群衆や小学生、中学生たちからわあと喚声があがるものの、テレビカメラがいるというだけでさほどのことが起ったわけでもない。いつからこうなった。ああ、日本人じゃのう。

わしの卵はまだ孵っていない。息子たちはその卵を躍起になって捜している。見つければ叩き割るつもりだろう。そうはさせない。玖珠子も自分が産んだあの卵を護ってくれるだろう。トウゾクカモメのヴァシーリィもあれを狙っている。そして今日のことだ。ヴァシーリィは息子たちの頭を突いて大怪我をさせたという。卵の奪いあいででもあったのだろうか。秘書室長の報告だと、オフィスは混乱の極にあるらしい。なんでそんなことで混乱するのか。やれやれ。すべてにわたって日本人じゃのう。

「会長。こんなところに小径がありますわ。どこに続く小径なんでしょうね」

「これか。この道は赤猫の里に続いておる。以前赤猫のリラに連れて行ってもらったことがあるが、一人で行ってはいかんぞ。帰ってこられなくなるでな。ここからたった二百メートル先で腐爛死体を見た。あれは道に迷って帰って来られなくなった、行き倒れの死体だ」

懐かしい名前を聞いて玖珠子の眼が潤み、髪がそよぐ。「赤猫のリラちゃんは元気なんですか」

逢いたいなあ。赤猫のリラ。今はどうしていることか。いや違う。思い出したぞ。赤猫のリラは死んだのだ。あの子の魂はしばらくわしの中で彷徨していたが、里に帰らぬまま消滅した。リラが生きていたのは、この玖珠子がまだ美しい十代の頃だった。わしが玖珠子に出会ったのもその頃だ。赤猫の里からやってきたリラは、まず幼い玖珠子に魅せられて、しばらく玖珠子の両親に飼われていたのだという。いつの頃からだったたか、次はわしに纏わりついた。なんでわしは変なものやこの世ならぬ美しいものから慕われるのか。もしかしてこの玖珠子も、この世のものではないのではないか。

「リラは時には君ではなかったのかね」眼を細めている玖珠子にわしは訊ねる。「時には令嬢、時にはヴァンプ、時には正体に戻って可愛い真紅の猫」

「買い被りです」彼女は悲しげに言う。「以前から会長は、わたしの中になんだかわたしでない美しいものを見るようになっておられました」

会長室へ行くといつも立憲トロップ党の重役たちが次つぎとやってくるのだが、どうもろくな報告はしない。株価はどんどん下がり株主はかんかんに怒っている。わしが何か言っても社長と副社長は必ずそれと正反対のことをする。わしは時どき息子たちに言う。お前たちなあ、わしはもうすぐ死ぬからかまわんが、会社がぶっ潰れたらお前たち路頭に迷うんだぞ。それでも彼らはへらへら笑っているのだ。何のつもりであろうか。

ずいぶん長いこと歩いている。玖珠子と共に過去へ向って歩きはじめてもうだいぶ経つのだが、これでもう何年分くらい歩いたのだろう。

「卵が心配」と、玖珠子は途方に暮れたように言う。「早く行ってやらないと、誰かに壊されてるか、持ち去られているか」

「あるいは食われてしまっているかだな。蛇に飲み込まれるようにな。ああ、玖珠子さんや。君は背が高いんだなあ」木立の中を何日分か何ヵ月分か進むと、明るみを帯びた空間の中、病院のような建物が近づいてきた。きっと産院だろうと、わしは思う。どこかの部屋のベッドの上に、あの卵は乗っかっているに違いない。ああ。やはり産院だ。「花山院産院」と書かれている。

わしと玖珠子が産院に近づくにつれ、時間は減って行った。わしは思ったもんだ。時間というものは勝手に増えたり、あっちから近づいてきたり通り過ぎたりはしないもんだってな。ただわしが近づいていくだけだ。そうだろう玖珠子。時間が満ちてベッドの上を見るとそこには卵の殻。ああ。卵はすでに孵化していたんだ。ご誕生おめでとう。おめでとう。はてさてしかしわしはいったい、いつこの美しい玖珠子さんを妊娠させたのだったろう。寝たことすらないというのに。あっ。寝たとすれば、それはまさかわしのマンションでではなかっただろうな。あそこには際立ちチュラ子がいるというのに。際立ちチュラ子のパロディ演歌をひとつふたつ玖珠子に紹介してやりたいものの、彼女が顔を赤らめるさまを見たいがゆえと誤解されてはいけない。やめておこう。ところで卵から孵化した赤ん坊はどこにいるのだ。卵の殻をわしは恨めしく見る。なんでもっと早く来て誕生に立ち会わなかったのか。

ヴァシーリイが窓の外でまた鼻歌を歌っている。おいおいお前はハミングバードだったのかね。ハミングスルーしてLGBTの唄をひとりで歌い出すのかね。誰も寝てはならぬ、起きてもならぬ、なんて言ってね。

わしらは産院の中を捜しまわるが、息子の姿はない。孵化したばかりの人間のひよっ子というのはどんな姿、どんな大きさなのか。この産院には医者も従業員もおらんのか。誰の姿も見えないが。それよりも玖珠子は、いったい自分がいつ産んだかもわからない卵の行方をいったいどんな気持で、この白くて長い曲がりくねった廊下に続く廊下に続く廊下を歩き続けているのか。ああっ。わしはこのわけのわからぬ湿っぽい状況にだんだん我慢できなくなってきたぞ。

「会長。短気を起さないでくださいね。もう息子は産まれています。そして成長しているんです。だからきっと、いくら捜してもここにはいないんです」玖珠子は悲しげな表情のままで笑った。「神宮御苑に戻ってみましょう。あそこにいるのかもしれないわ」

以前セサールとレオポルドという二人のキューバ人がハバナ葉巻を売るルートを捜すために我が社へ来た時、意気投合したのでわしは彼らの面倒を見た。彼らはマチスモで、以後わしの言うことなら何でも聞いてくれるようになった。神宮御苑に戻る前にわしは彼らを呼んでおいたのだが、その時レオポルドの方はすでに刑務所に入っていた。彼はスペイン料理店で食後に葉巻を喫ったため、近くの席の客から「臭い」と言われ、誇りとするハバナ葉巻を貶められたと思い、激怒してフォークを振るいその客の目玉を刳り抜いたのである。

以前レオポルドから、口を極めて喫煙者を罵倒する嫌煙権の男を処刑するから、見物に来ないかと誘われたことがある。喫煙者のひとりとしてその招待にあずかったのだが、なるほど見ものであった。まる裸にされて泣き叫ぶその若く、色白で肥満した男は、数人の男によって鰻の養殖場である溜池に投げ込まれたのである。若い男は数分後に溜池から引きあげられた。鰻の大群は、その男の全身に丸い口をつけ、柔らかな肉をちゅるちゅると強力に吸い込んで体内にもぐり込み、男の肉体から生えたような何十という黒い尻尾をはためかせていたのである。中にはふたつの眼窩、両の耳、鼻、口にもぐり込んでいるやつもいたし、何のつもりか肛門に全身を突っ込んでいる鰻もいた。

神宮御苑へ一人でやってきたセサールに、わしは来日して以来彼も顔見知りの社長と副社長、つまりわが二人の息子の行動を見張って、卵から産まれたわしのもう一人の息子を彼らが隠していないかどうかを探ってくれるよう依頼したのである。神宮の空を漆黒の眼で見あげてセサールは言う。なんて澄んだ空なんだろうね会長。わたしは日本に来て空気の透明度に、そして湿度のなさにつくづく惚れたよ。いいとも。あのふたりの顔はよく憶えているが、彼らはあんたの息子だろう。あの二人の息子と、もうひとりの息子と、会長はどちらが大切なのかね。彼らが隠している息子のために、二人の息子の方を殺してしまってもいいのかね。そのスペイン語を頭で翻訳しているうちに、セサールはあははと笑って躑躅《つつじ》の花の彼方に消えた。もう四月になっていたんだなあ。

そのセサールはわしの末っ子を見つけたあと、二人の兄を殺すことなくレオポルドのいる刑務所に入った。舗道を歩きながら葉巻を喫っている時、通りかかった禁煙ファシズムの団体に罵られ、葉巻をもぎ取られそうになったので彼らの中の三人を殺害したのだ。レオポルドの事件以来、彼もまたハバナ葉巻業者としての誇りを傷つけられることを予測して、山刀を隠し持っていたのである。鋭い刃で三人の咽喉を手早く掻き切れば、千代田区の虚空に赤い扇状の血しぶきが三つ舞いあがり、その上には美しくも艶やかな虹が三つ浮かぶ。

「お父さん。お母さん」と、セサールに発見された息子は、マンションの玖珠子の部屋でわしと玖珠子に言ったもんだ。「わたしを産んで下さったあなた方には感謝しますが、わたしにはまだあなた方に産んでいただいたという実感がありません」

「その通りだ」と、わしも大きく頷いて両手をひろげた。「お前は宇宙英雄ペリー言語《ごんご》ローダンかも知れんからな」

「会長」わしの軽口を諭すように玖珠子は言った。「この人にはまだ名前がないのです。実感がないのは無理もないことと思われませんか」

名前がないどころか、すでに二十何歳かになっているこの青年には、略歴すらないではないか。哀れ臍《へそ》のない我が子よ。わしは彼を自分のマンションに連れて帰り、際立ちチュラ子にその身を委ねた。顔立ちもなく、性格もはっきりしない青年を、なぜかチュラ子は気に入ったようであった。それでわしは安心した。その安心がいけなかったのだ。

際立ちチュラ子は息子を連れて逐電した。ああ逐電蓄電蓄電池。感電関電乾電池。うんちダヴィンチ遊園地。ピンチ破廉恥楽天地。あの女はわしの息子を自分のものにしたかったのだが、そう思われぬよう逃げ口上を用意していた。社長と副社長の魔手から逃れるためなんだってな。それこそ逃げ口上だ。精神異常だ。下岡蓮杖だ。波瀾万丈だ。商売繁盛だ。一筆啓上だ。青山斎場だ。極楽往生だ。鳥羽僧正だ。天地有情だ。動物農場だ。千葉道場だ。六根清浄だ。万里の長城だ。小田原評定だ。宵の明星だ。仁木弾正だ。役人根性だ。どんぶり勘定だ。帝国劇場だ。公衆浴場だ。金科玉条だ。株式市場だ。西洋事情だ。憲法九条だ。台湾泥鰌だ。惻隠の情だ。熊本城だ。くまモンだ。鬼門肛門ドラえもん。疑問陰門性ホルモン。苦悶訪問羅生門。指紋聴聞土左衛門。呪文獄門耳学問。レモン玉門無一文。破門悶悶ロートレアモン。

際立ちチュラ子と息子は赤猫の里へ行く小径の方へ行こうとしている。だが社長と副社長が玖珠子を攫《さら》って車に連れ込んだ。わしはどちらを追ったものかと迷った末に玖珠子が連れ込まれた車に飛び乗った。と同時に、赤猫の里へ行く小径に駆け込んで行くわしの姿が見えた。「あっ。あれはわしのアカチバラチーだ」

「ドッペルゲンガーでしょう」と、後部座席でふたりの男に押さえつけられながら玖珠子は訂正してくれる。

小径に駆け込んで行くわしはチュラ子たちに追いついて叫ぶ。「どこへ行く。赤猫の里へ行ってももうリラはいないんだぞ」

顔のない息子は悲しげにうなだれ、チュラ子は地面のあちこちに寝ている行き倒れに缶コーヒーを振り撒いている。運転席のわしは社長たちがこの間五百万円で買ったばかりのメルセデス・ベンツAクラスを発進させた。会長会長会長免許も持っていないのに乱暴はやめてくださいとふたりの息子が悲鳴をあげ、玖珠子が悲しげな表情のままで微笑する。なんて楽しいんでしょう会長は。ほら見ろ。案の定赤猫の里への迷路に踏み迷ってしまったではないか。わしら自身が行き倒れになるのだぞ。ああ。あそこにあらわれたのはトウゾクカモメのヴァシーリイだ。ハミングでわしらを誘導してくれている。ヴァシーリイよヴァシーリイよ。そんなことよりもわしの運転するメルセデス・ベンツを追ってくれ。あの息子たちはお前の嘴に小突かれてひどい目に遭ったことをまだ憶えているに違いないのだからな。

赤猫リラの里。なんてことだ。今やただの駐車場ではないか。いつからこうなった。わしはベンツを駐車場に入れて後部座席から玖珠子を引っぱり出す。さあ、すぐ助手席に乗りなさい。この二人に構うな。だがわしは息子たちに逆襲された。襲われ、縛られ、後部座席に投げ出された。玖珠子は単なる餌だったのだ。助けに行きますわ。必ず助けに行きますからねっ会長。去っていくベンツを見送りながら、懸命に玖珠子が叫んでいる。駐車場のうしろは道の駅に似たマーケットであって、赤猫などはどこにもいない。ああここにいたか息子よ。わしはやっと無表情の息子と逢うことができた。なあチュラ子、どうしてもこの子を独占したいのかね。ならこの子と結婚して、一生共に暮らす気持はあるのかね。上空でヴァシーリィが馬鹿にしたような声を張りあげた。「どわ。どわどわ。どわどわどわどわ」

「あっ。あれはわしのアカチバラチーだ」

「ドッペルゲンガーでしょう」

社長が短刀を握り副社長が紐を持ってわしに迫る。わしは飛び退き、会長室のいちばん奥の窓際、わしがいつも尻を据え物思いに耽って封建的ロマンに沈潜するあの窓框に背中をぶっつけてどんと床に尻を落す。社長は握った短刀の背をまるで恋しているかのように唇に当てる。当たり前だろう。刃の方を唇に当てたらえらいことだ。ブラック・ウォールナット製最高級フローリングの床に尻をこすりつけて、わしは社長と副社長が回り込んでくる逆の方へ、逆の方へと逃げる。口から飛び出すのは悲鳴まじりの命乞いだ。わしを殺さんでくれい。わしを殺さんでくれい。お前らはわしの息子じゃないか。お前は長男じゃが。いい長男じゃが。お前はよう出来た次男じゃが。わしはまだ死にとうないわい。死ぬのは厭じゃ。まるで走馬灯のように脳裡をわしの一生が流れて行くではないか。これではまるでわしが死ぬみたいじゃないか。いやいやいやいやいや。わしは死なんのじゃ。これは嘘じゃ。そんなことはない。お前たちは父親を殺すなんてことをしない。逆巻く波を乗り越えてお前たちはどどどどーんと波しぶき波しぶき、波太鼓波太鼓。わーっ寄るな触るな近寄るな。近づいてきた副社長の手の紐がわしの首に巻きつこうとしおるのじゃ。わははは。わしはまた飛び退いて悲鳴をあげる。ひひー。昼の健さん夜の松つぁん春高楼の花の宴めぐるめぐるぐーるぐるめぐるグーグルグーグルグーグルクローム。ひえーお前は誰だアメリカアメリカ、オバマ・ビンラディン。親殺しじゃぞ。親殺しじゃぞい。ここが死に場所か。わしは死ぬのか。お前らに殺されるのか。おお三途の川が見えてきたわい。お花畑お花畑。ヒエーいてててて。短刀がわしの肩を突いた。ヒエーッ血じゃあ。これは血じゃあ。血が出たあ。血が出たあ。やるがなやるがな、遺産なんか全部やるがな。会社もやるがな。そうかそうか、相続できないと知ってわしを殺すのか。堪忍してくれ。殺さんでくれ。お前らが会社を倒産させると思うたからもう一人息子を作ったんじゃ。倒産させてもよい。それがお前らの望みならな。何。違うのか。違うのか。そんなら何じゃ。そんなら何じゃ。狼じゃ狼じゃ狼人間じゃ。血迷うたかウルフ兄弟。ひやーあああ。わしはまた飛び退く。それ以上近寄るな。わしに自由をくれ。生きる自由をくれ。何。死ぬ自由。そんなもんいらんわい。なんでそんな残酷なことを言う。生きたいのじゃ。生きたいのじゃ。いやいや、どこへも行きとうはない。死後の世界。そんなところへ行ってどうするというんじゃ。やるやるやる全部やる。目腐れ金じゃ、目腐れ金じゃ。そんなものやる全部やる。全部何もかも相続させてやるがな。あーんあんあんあん。わしは殺される。子供に殺される。可愛い子供に殺される。ああお前たちはどんなに可愛かったことか。子供の頃のお前たちは可愛かった。あっ。今でも可愛い可愛い。厭じゃ厭じゃいくら可愛い子供たちにとは言え殺されるのは厭じゃ。助けてくれ助けてくれ助けてくれ。待て待て、待て。ちょっと待て。刃先を心臓に当てるな。あっこいつをどけろ。どけてくれ。うわあっ。生きた心地がせぬ。ひええ。紐が咽喉に食い込む。わしは死んだ。わしは死んだ。わしはもう仏じゃ。仏じゃ。何がおかしい。笑うでない。殺される人間が滑稽か。面白いか。まだ死んでいないのに何を言うか。咽喉が鳴る。ぜいぜいと咽喉が鳴る。ひいひいと呼吸が洩れる。笛のようにひゅるひゅるひゅると息が鳴る。お稲荷さん助けてくれ。あっ。天満の天神さんも助けてくれ。四谷のお岩さんも助けてくれ。いつもお賽銭をあげていたじゃろが。浅草寺の観音さんも日枝神社のお猿さんたちも、あっちこっちの大黒さん弁天さん、あっ、そうじゃ、奈良奈良奈良の大仏さん。ずいぶん寄付をしましたぞ。いやいやいや。成仏したいために頼んでおるのではないわ。惜しい命の命乞い。命ばかりはおたおたおたおた。なんとか命だけは助けてくだされ。もっと安楽に死にたいわい。老衰で死にたいわい。頭痛がしてきた。あまりの死にとうなさに頭痛がしてきたわい。短刀が胸にずぶずぶずぶずぶずぶ。あっ。殺された。わわわわしは殺された。こ、こ、殺。会長が殺されました。そうです。ドッペルゲンガーの方の会長ですけど、ああ、どっちがドッペルゲンガーなのかはわからないんでしたわね。わからないからこそのドッペルゲンガーなんでしたよね。どうなさいますか。ああ。息子よ。最愛の息子は殺されてしまった。独占できないと知ったチュラ子が殺したんだ。もともと性格も顔もなかった息子は死ぬと同時にどこかへ消えた。どこへ消えたの私の息子。名前のない亡きあの子の名は呼べないのね。なんて悲しいんでしょう。ようし殺せ。ヴァシーリイよ、その女を殺せ。わしが許す。その女の名は際立ちチュラ子、そうとも知っておるだろうが。演歌の替え歌を歌っておるぞ。パロディやりながら死ぬつもりか。殺されながらパロディをやるつもりか。わはは。やっぱり笑ってしまうな。

富士の高嶺に　振り袖振り袖
天竜くだれば　振り袖振り袖
ここは御堂筋　八百八町
ああ　ブラジルの　夜は更けて
更けて老けて　吹きさらし
ああ　吹きさらし　振り袖振り袖
わたしはチュラ子　あの子を殺して
ああ　わたしは君なき里の蝙蝠よ
鳥なき里にも　カモメは忍び寄りぬ

命あげない　命あげない
助命人間　死にます
死にます　死にます
殺したか。脳天に嘴の先端による深い穴があいて脳漿が噴きこぼれたか。よろしい。このあときっといいことがあるに違いないぞ。禍福は糾《あざな》える縄の如し。下腹は凍える便所の如し。冷えて冷えて下痢してバラード、迷ってボサノバ、踊ってバスタブ、底が抜けたら狂って真珠のネックレス。もう泣くな玖珠子よ。悪いのはわしの二人の息子だ。あの兄弟だ。赤猫の里への小径を玖珠子と逆に辿って神宮御苑に出てふたりで親しく語りあいながら、ほらほらこれがオッカ松、ブギを歌えば心は碧空、会長室まで来てみれば、ああわしが死んでおる。首に紐をかけられ胸を何十カ所も刺されて。だがなぜか楽しい。楽しいのは何故か。わしが死んだというのに。社長と副社長はすでに立憲トロップ党の重役たちに捕えられた。ああ君たちはそのまま、そのまま。君たちは自分の手を汚すことなどないんだぞ。裏から手をまわして、こいつらをセサールとレオポルドのいる刑務所へぶち込んでしまえばいい。あの二人が始末してくれるだろう。
あーっ。会長。それだけはご勘弁を。あの二人はおれたちを殺します。お父さん。助けて下さい。パパ、パパ。セサールとレオポルドと聞いただけで肝が冷えます腹をくだします小便が出ます下痢をします。あの二人のいる刑務所へだけは入れないで。おれたちはパパが好きだったんです。愛してたんです。だから甘えてたんです。パパを愛している証拠に悪いことをいっぱいしたんです。そしてパパを殺したんです。だからこそパパを殺したんです。あやまりますお詫びします。堪忍してください。堪忍して堪忍して。私たちは会社に尽した。私たちが社長と副社長をやめたらいったい誰が会社を。ああ。いいです。いいです。社長と副社長の椅子は放棄しますから、あの刑務所へ送り込むのだけはやめてください。やめてくださいっ。やめてっ。やめてっ。

ああ。またここへ来ましたわね会長。この池はいつからここに。ああ昔は鴨場だったのね。でもなぜわたしを社長に。わたしの息子の代わりにったって、わたしの息子は究極のゆるキャラ、あれは本当にわたしの息子だったのかしら。消えてしまって今はもういない息子。そしてわたしはその母親の玖珠子。本当にわたしは玖珠子なの。いいえレストランなんてつまらないし美味しくありませんわ。わたしのマンションへお越しになって。お住まいへお戻りになっても、もう家政婦さんはいないのですね。火口鍋、いいえそんなものは差しあげません。お望み通り本当に美味しいものだけをちょっぴりずつ差しあげますから。

南蛮狭隘族

バタアン＝コレヒドール作戦の報道で、捕虜による死の行進が行われたとする従軍記事がある。これにはわれわれ米軍捕虜やわれわれフィリピン軍兵士と共に日本兵であったわれらも同じ行程で行進している。そうとも五十歩百歩も一歩から。何が虐待か。われわれ日本兵にとってこれは日常の道筋だったのだ。然りわれらは一人称にして複数。われらはこの報道記事を断固否定する。否定する。否定する。日本軍はそんなに沢山の捕虜に対応できなかったのだ。食糧なんてなかったのだ。食えなかったのはわれわれ日本兵も同じだったのだ。虐待ではない虐待ではないのだないのだ。そしてこうしたことをわれらは米兵も含めこれより複数にて証言し記述し慨嘆し歓喜し激怒し示唆し弾劾し教唆し説得し、そしてふざけ散らしながら南蛮の旅を続けるのである。

あっ。だからと言うてわしらは右派ではないぞ。これは本当のことだ。とはいうもののヒャーどこの国も現在、右派が擡頭しているではないか。右派だ右派だウハウハだ。はるか北にあるこの国に帰って来てみればやはりこの国もだ。左様わしらは「南から南から飛んで来た来た渡り鳥」であり、「嬉しそに楽しそに富士のお山を眺めてる」のである。それにしてもこの国は情けない国でなあ、右派擡頭とはいうものの、何をされても「遺憾です。遺憾です」だ。そうかそうか。領土取られてもミサイル撃ち込まれても「遺憾です。遺憾です」か。じゃあ、「遺憾です。遺憾です」と言いながら、みんなで仲良く死んでいけ。屍体は南蛮狭隘族であるわしらが全部ばりべりぼりと喰うてやるわい。

われらの船は北へ帰る。逆巻く波を乗り越えてあとはどうなときゃあなろたい。さらに北にはこの国にとっての北狄がおってな。その国から領土を取り返すために戦争をする、われわれは必ず勝つのだからなどと言うた国会議員が全員から口を押えられたそうな。言いたかったんだろうが、そんなこと言うたら北狄から何をされるかわからんでな。プーチン虫の居どころ無視してよいものか。全然無視無視かたつむり。東は遠い。遠いは東夷。東夷ははるか東にあり。一番近くの東夷はハワイだがそれでも遠い。三匹の西獣はすぐ近くだ。やれやれ困ったもんだ。西へ西へ。一帯一路だ西へ西へ。途中の、負債を抱えさせられたラオス、モルディヴ、モンゴル、モンテネグロ、ジブチときて、あのう、どちらまで。いやはやちょいと西へ来過ぎましてな。ついでのことでもあり、ミッソーニの密葬に参列しようかと。そうです。オッタヴィオが死んだのです。

脱兎さんは早いなあ。わしらの国に来て何年になるかねえ。後進国にずいぶん輸出してくれたもんだ。あはははは。フェアレディのことを最初はフェアレデーと言うておったな。「マイ・フェア・レディ」をブロードウェイで上演しておった頃だよ。その少し前だったかな。タルーラ・バンクヘッドやドロシィ・ダンドリッジなんて威勢のいい女優たちがいたなあ。懐かしや。

わしらの国には昔から「南の太鼓」と言われているいい音とリズムがあってな。新国劇でも辰巳柳太郎がやっていたが、子供はちょろりペニスを出したままでその辺をうろちょろしている国だったらしい。大阪歌舞伎座でよくまあ子役がペニスを出したもんだがあれは前代未聞だ。いやいや国といっても地球の南半球のほとんどの陸地のことだがな。しかし哀れな難民たち、難民の数かずは狭隘族に非ず。南蛮狭隘族はわれらのみだ。然り、あの鈍逆狭隘という今は古語となった亡き物凄い言葉から頂戴した名だ。はてさて鈍逆は鈍虐であったかな。はてな、はてな、ハテナの基地はどっちかな。いやいやそこは嘉手納《かでな》の基地。後の世でイランのシャニムニ事務局長が証言したことだが、ホルムズ海峡こそが西アジア地域における以北の民族と南蛮狭隘族との境界であったらしい。

さて最初の話に戻ろう。われら一族がなぜ多くの国民の人格を兼備しているのかと言えば、それは恨みつらみによってである。即ち戦争によって侵された国土と殺された国民の亡霊が立ちあがり、戦勝国民敗戦国民の区別なく一族として合体し、合歓の並木をお馬のせなにゆらゆらゆらゆらと、揺れて暮れ行く支那の街で大きく育ったのである。ナンナンナンナンナンキンサン、ナンキンサンの言葉はナンキンコトバ、パーピヤパーパーパーチクパー、ピーピヤピーピーピーチクパー。ナンキンは南瓜ではなく南京。こんな差別的な童謡が昔はあったのだなあ。これがなんとまあ野口雨情と中山晋平の作品ではないか。ナンキンムシムシ、トコジラミ。と言うてもこやつシラミに非ず。別名トコムシ。カメムシの仲間。「何日君再来」は中国共産党から、猥褻な歌曲であり、反封建的反植民地的な奇形的産物の黄色歌曲であるとされ、輸入、販売、放送など一切が禁止された。何っ。なんのことかわからんとな。その通り。これはわからなくていいのことなのよ。あまりにおぞましいことなのだから。何っ。わしにはそんなひどいことをする部下などおらん。部下はわしに忖度などせんのだ。ああそうですか。格下の者を格下いわけですね。そうとも。わしは悪人だ。悪人で結構だ。アホの善良さに加担する気はない。

あの、わかる人にだけ、わかればいいのです。そういうものでしょ。ね。そうでしょ。あはは。先ほどの難民ですがね、遭難して死んだ難民だけはわれわれの仲間にしてやりましょうよ。殺された難民もね。

バタアン＝コレヒドール作戦の報道で、捕虜による死の行進が行われたとする従軍記事がある。これにはわれらフィリピン軍兵士と共に日本兵であったわれらも同じ行程で行進している。日本軍に降伏した捕虜の人数は合計で八万三千六百三十一人。われら日本軍はバタアン半島でのこの数の捕虜の後送に手間取り、バタアン死の行進を引き起こす。各地に分散していたフィリピン軍兵士の多くは逃亡しそれぞれの故郷に帰ったが、フィリピンでの日本軍の軍政は物資不足やインフレーションを招いて人々の反発を受け、元兵士の多くが米軍指揮下のユサッフェ・ゲリラや、共産党のフクバラハップ、即ちこれぞ悪名高きフクフクフクフクフク、フク団といった抗日ゲリラに転じたのである。マックアーサー・ノーリターン。マリリン・モンロー・ノーリターン。ウイシャル・リターン・ノーリターン。脳足りんと言ってはいけない。来るな。来るな。こっちへ来るな。お前なんか、もう二度と来ちゃいけない。そうだとも。老兵は死なず。若いのが死ぬ。

ハワイ・マレー沖海戦では大河内伝次郎、藤田進の姿三四郎コンビが月月火水木金金と歌いながら大活躍、えっと、轟夕起子ではなく原節子までが美しい姿でこれに協力した。真珠湾攻撃の成功は開戦前夜、田中絹代というひとりの芸者の死によるものであった。愛機南へ飛んで決戦の大空へ。トラトラトラ。ナポレオン・ソロとハン・ソロとブンガワン・ソロ、英雄は誰だ。もちろんブンガワン・ソロだ。一杯の珈琲からモカの姫君ジャワ娘。歌は南のセレナーデ。珈琲とカレーのジャワに行ったフクフクフクフクちゃんは、トッケーと鳴くトカゲを見た。いかに多くのトカゲたちが空腹だった日本兵に食べられたことか。いえいえ、ネズミもですよ。そして猿もですよ。人間もですよ。はい。猿の肉と偽られてね。

それはビルマでのことだ。飢えと病に倒れた兵は十六万人、インパール作戦は無謀であったが、一旦はコヒマまで進んだものの、無駄口叩く牟田口軍司令官が、もはや食糧がないとまた叩く。兵站が途切れた。撤退じゃ、更迭じゃ、鋼鉄じゃ、後退じゃ。竪琴を弾いているのは誰か。鳴いているのは肩の鸚鵡か籠の鸚鵡か。言葉もたったひとつ、いついつまでも。われわれ日本兵は死にたい放題。死にたくないと泣きながら死にたい放題。なぜ死んだ、何故死んだと故郷の遺族は泣きたい放題。泣いて涙も涸れ果てた、こんな遺族に誰がした。

ピエール・ブールは戦争爺さんだったが、「戦場にかける橋」はアレック・ギネス記録に載るほどの嘘だらけ。早川雪洲大佐はあまりの恥ずかしさで切腹した。タイの国は猿の惑星か。猿は日本兵か。カナシマ博士がハラキリをした月の庭園にはジャングルの耳がついていた。おやおやそうかい。今やアナログはアナクロなのかい。うん。カレーライスは高齢者にいいらしいよね。だって加齢ライスだもんね。キューバのマラリア蚊の毒にカブレラ・インファンテ。亡き王子のためのパヴァーヌ。亡き王女のためのハバーナ。亡き売春婦たちのためのスローブギ。亡き痴女たちのための浪花恋しぐれ。亡き鬼女たちのための竹島と尖閣諸島。

ニューギニアでは二十万人の兵士のうち、十八万人が主に飢餓によって死に、生き残ったのは二万人であった。われわれ兵士の中には高砂義勇軍と名づけられた台湾の高砂族もいた。われわれの常食は椰子の幹から取るサゴ椰子の澱粉サクサクや、タロイモなどのイモ類、ヤシの実、バナナなどは大ご馳走、雑草は言うに及ばずゲンゴロウ、トンボなどの昆虫、他にはヤモリ、コウモリ、モグラ、刺身や串焼きにしたヘビ、鉄板焼きにしたワニ、スープやフライにしたイボガエル、丸焼きにしたノネズミで、時にはああありがたやノブタの丸焼きなどというものにありつくことさえあったりしたのだぞ。かくも多様なる食材。やれ嬉しやとわれらはのぶたカンタービレを奏でながら食らう。われわれの運命は食料のありつき方次第であったのだ。天国と地獄。

この豚、大丈夫か。豚コレラではないか。豚コレラ、ああ、トンコレラ、豚虎烈刺とも書いたなあ。今はもっと悪いトンコロリという病が流行しておるぞ。そう。豚虎呂痢と書く。

ハリマオ、ハリマオ、おおマライのハリマオ、ハリマオハリマオ。いやいやあれは山下奉文《ともゆき》のことではなく谷豊のこと。はてシンガポールの戦いの将軍は乃木希典《まれすけ》であったか山下奉文であったか。敵の将軍はステッセルであったかパーシバルであったか。庭にあったのは棗の木であったか。厳かにイエスかノーかと言ったのは誰であったか。そして自転車部隊は行く。シンガポールシンガポール、シンガポールは目の前だ。青いバナナも黄色く熟れて、LGBTは気ままなものよ。男所帯は髭も生えます無精髭。轟沈轟沈凱歌はあがる。

「お父さん。日本は今、戦争して勝ってるんでしょ」

「ああそうだ。勝っとるぞ。新聞の今日の戦果欄を見なさい。撃沈二隻、轟沈一隻、撃墜二十三機だ」

バタアン＝コレヒドール作戦の報道で、捕虜による死の行進が行われたとする従軍記事がある。これにはわれらフィリピン軍兵士と共に日本兵であったわれらも同じ行程で行進している。このことに関連してだが、抵抗するアメリカ軍の旗がいつまでも翻っていることに怒った大河内伝次郎が「あの旗を撃て」と命じた虚構は捕虜虐待の証拠になるとして焼却された筈だったが、円谷英二の特撮のお陰で復活した。

八月、おれたちがガダルカナルに上陸すると、先遣隊の生き残っていたおれたちが出迎えた。おれたちは兵隊などというものではなかった。痩せ衰えたよぼよぼのおれたちが杖にすがって何か食うものをと手を出した。米をやると生のままぽりぽり齧った。「わしらが来たけんもう安心ばい」と元気をつけてやったが、十日も経たんうちにみんな同じ姿になろうとはなあ。十月、その次に上陸したわしらを、わしらは飯盒と水筒だけの見窄らしい姿で出迎えたのだが、「ご苦労さん。わしらが来たから安心しなさい」と慰められた。そのわしらも、最後に上陸してきた兵士から同じような言葉をかけられた。そしてその兵士、つまりわしらもすぐ同じ姿になった。以後、略して「ガ島」と呼ばれていたガダルカナル島は「餓島」とも呼ばれることになる。そしておれたち以後、もはや兵士の補充はなかった。御前会議において、「継続しての戦闘は不可能である」としてガダルカナルからの撤退が決定されたからだ。一ヵ月後に撤退は始まったが、撤退地点まで到達することのできないおれたちも多くいた。

撤退することのできないおれたちはどうしたかって。捕虜になることを防ぐために、自決させられたんだよ。または処分されたんだよ。自決は手榴弾を使ってやらされたが、手榴弾がなくなると銃で撃たれ、銃弾がなくなると銃剣で刺し殺された。すまん。許せ。わあ。そんな眼で見るな。恨んでくれるなウランちゃん、などとすでに戦後も何十年。そうとも。おれたちはアトム世代の親。戦友を銃で撃ち、銃剣で刺し殺した。自分もいずれそうなるとわかっていたから悼む気持はない。殺す者も殺される者も、もはや鬼畜。わかって下さい子供たち。

新聞では当時「撤退させられた」とは言わずに「転進した」と言っていたがね。つまりほとんどは帰国できずそのまま南方の激戦地帯にとどめ置かれたんだ。新聞が報道した大本営発表。「ソロモン群島のガダルカナル島に作戦中の部隊は昨年八月以降引続き上陸せる優勢なる敵軍を同島の一角に圧迫し、激戦敢闘克く敵戦力を撃摧《げきさい》しつつありしが、その目的を達成せるにより、二月上旬同島を撤し、他に転進せしめられたり」よう言うわ。天津にだって転進しますよ。天津条約があるからね。今や朝鮮に部隊を派遣できる時代だ。天真独朗に、天真爛漫に、転進、転進、転進ですよ。

これと同じ頃にはニューギニアのブナからの転進も大本営発表として新聞に載ったが、実はブナ守備隊はとうに玉砕していたのだ。ニューギニアに上陸したわれわれ日本将兵は二十万人。そのうち生還したのは二万人。丘にはためくあの日の丸はぼろぼろぼろぼろ鮮血で真っ赤っかの赤。アそれ、真っ赤っかの赤。

アッツ島玉砕の新聞報道に何故か銃後少年たちが興奮。

「お父さん。玉砕って何」

「名誉の全滅だ。ん。何を嬉しそうにしとるんだ」

ガダルカナルからの撤退が決まるまでに、われわれのうちの日本将校が、「そこいら中でからっぽの飯盒を手にした兵隊が死んで腐って蛆が涌いている」と大本営に報告したもののの、撤退はなかなか決まらず、決まった時にはすでにわれわれ多くの将兵が餓《う》えて死んでいた。われわれの中のある生存者はジャングルを「緑の沙漠」と形容した。

小尾《おび》靖夫少尉の陣中日誌「人間の限界」による生命判断。

立つことができる者＝残りの寿命三十日。

身体を起して座れる者＝三週間。

寝たきり起きられない者＝一週間。

寝たまま小便をする者＝三日間。

ものを言わなくなった者＝二日間。

瞬きしなくなった者＝明日。

この日記の中で少尉は「元旦の分配された最後の食料は乾パンふた粒と金平糖一粒」と記している。ほとんどの部隊では、ふらつきながらも何とか歩ける兵士はすべて食糧の搬送に当っていたのだから、そうしないと銃殺されたというならともかく、われわれには自分の空腹よりも戦友のことを思う人間性が残っていたということになる。そして陣地を守るのは立つことも出来ない傷病兵だったが、これは立てないからこそ陣地にへたり込んでいたのである。このような状況でありながらわれらの中には、やっと手に入れた食糧を戦友のもとに届けようとして最後の力を振り絞り、背中に米を担いだまま倒れて絶命する兵士もいれば、これとは逆に食糧を搬送するわれらを襲って米を強奪するわしらもいたんだから人間さまざま、これほどの相違が同じ戦争のさなか、同じ日本民族の中に出現するのだから、人間とはまことに不思議である。すでに戦いは末期で、われらも末期、食うものがなくなれば軍紀の荒廃は極まった。飢えたおれたちの中からはカニバリズムも発生し、焙った肉の香ばしさとそのあまりの旨さで、戦友の屍体を喰うことに執着するおれたちもいた。部隊のほとんどの兵士が餓死したため生き残ってしまってどこの部隊にも所属しない「遊兵」が生まれ、彼らは「日本兵狩り」をした。おれたちのあとを「食いもの待て」「食いもの待て」とうつろな眼をし、涎を垂らしながら追ってくるのだ。ガダルカナルはもはや島の名ではなくなり、帝国陸軍の墓地の名となった。

米軍の捕虜となったおれたち日本兵はすべて傷病兵であり、もはや残兵掃討、残兵処理だとされて、米軍戦車の前へ一列に横たえられ、キャタピラで轢き殺された。この様子はグラフ雑誌「ライフ」に掲載された。何とか動ける者は轢かれる寸前に転がってキャタピラの間に身を避け、命は助かったものの、その後の飢餓と苦痛は堪え難く、あああの時キャタピラに轢かれていればどれだけよかったかと死ぬほど後悔したものだった。くそう。わしらを轢き殺したアメリカのやつら、イレイザーヘッドにしてやるぞエレファント・マンにしてやるぞデヴィッド私刑だ。

ガダルカナル島における死者はわれわれ日本兵が二万四千数百人、われわれアメリカ兵が千六百人。然りアメリカ兵とて死んだ者はわれわれ南蛮狭隘族の仲間なのだ。そうともわれわれは死者は平等に扱い、決して死んだ敵兵への猟奇的行為は行わなかった。しかしアメリカ兵は同様の行為をインディアンやベトナム人に対しても繰り返してきたではないか。黄色人種でありモンゴロイドである日本兵への人種差別感情から、日本兵の頭蓋骨は本国への土産にされ、ひとつが三十五ドルで売れたため、彼らは現地で日本兵の頭を煮て頭蓋骨に加工した。日本人兵士の頭部がどろどろと煮える旨そうな匂いが充満していたであろうなあ。生首はそのままで戦車に取りつけられたり、竿の先端に突き刺されたりし、また、耳を切り取ってベルトにぶら下げたり繋げてネックレスにしてこれはネックレスに非ずイヤリングだと笑ったりしていた。いずれもその数を自慢するためだった。金歯も抜かれて指輪に加工された。これもまた「ライフ」の記事だが、若く美しいアメリカ人女性が恋人の海軍将校からプレゼントされた日本兵の頭蓋骨を眺めながら手紙を書いている写真が掲載されていたものの、頭蓋骨であるおれ自身は嬉しくも何ともない。くそ。おもちゃにしやがって。この女のでかい乳房に嚙みついてやろうか。ＥＥＥＥＥＥＫなどと言って驚くだろうなあ。その写真かい。戦後になってからこの写真は日本でも紹介されたから誰でも知っているよ。そんなおみやげを持ってヴァン・ジョンソンたちが郷里へ帰ればジューン・アリスンやグロリア・デ・ヘヴンやグレイシー・アレンやリナ・ホーンやヴァージニア・オブライエンたちが「イッツ・ビーン・ア・ロングロング・タイム」と歌いながら待っていた。これはパプア・ニューギニアでは常識であった。

日本の銃後では天才科学者であり、マッド・サイエンティストでもある徳川夢声が、高峰秀子を助手にして、ロケット式慰問爆弾を作り、外地に向けて次つぎに発射する。「勝利の日まで」というサトウハチローが作曲した当時の歌が主題歌でありタイトルにもなっていたが、爆弾が破裂すると歌手や、ロッパやエノケンなどの歌える俳優が出てきて一曲歌ったり、海の中に落ちたあのねオッサンの高勢実乗《たかせみのる》が「わしゃかなわんよ」という一発芸を見せたり、美人女優たちに至っては、ただにこやかにお辞儀をするだけといったものであり、成瀬巳喜男にして、もはやこんな不景気な爆弾しか作れないのかというあまりの情けなさに銃後の映画少年は涙した。

おお悪名高きハルゼー提督よ。日本兵を憎む合衆国本国の「戦闘員と民間人の区別なく日本人を皆殺しにせよ」と主張する風潮に便乗した人種差別主義者よ。ジャップを殺せ。ジャップを殺せ。奴らを死なせ続けろ。もっと猿の肉を確保するために潜水艦を活躍させろ。ジャップを殺せ。新聞記者諸君、日本を占領した暁には天皇を処刑し、日本人女性全員に不妊手術を施してやるのだ。ジャップを殺せ。わはははははははジャップを殺せ。ジャップを殺せ。

レイテ島でも船越英二やミッキー・カーチスや滝沢修など、痩せた兵士たちが選ばれて飢餓に襲われていた。「野火」の恐ろしさはインテリの主人公がほとんど無性格であることだ。戦後何年目かの再現された餓えと恐怖は文学青年たちを震えあがらせた。人肉を喰うことが哲学的な命題となる。

開戦の翌年から米兵たちは早くもわれわれ日本兵の遺体を損傷し始めていた。ギルバート諸島のマキン島奇襲作戦ではルーズベルト大統領の長男ジェームズ少佐が海兵隊の次席指揮官だった。百五十人ほどの日本軍守備隊を全滅させた海兵隊員たちは、マフィアの行為を、正確にはマフィアを登場人物にしたマフィアの映画を真似て、日本兵のペニスを切断し、その屍体の口の中に詰め込んだ。噂では、天日干しにしたペニスをうまい棒とかやばい棒とか称し、食べながら歩いたりもしていたそうである。あとから来た海軍陸戦隊は、日本兵のズボンが下げられていることを不審に思ったものの、腐爛が進んでいたので蛮行に気づかなかったのだ。持ち去られたペニスは当時スミソニアン博物館の食堂で酢味噌にして食わせてくれたというが、真実かどうかは不明である。

戦後になってマリアナ諸島からわれら日本軍将兵の遺体の残りが送還された時、その半分以上が頭部を失っていた。ペリリュー島の戦い、硫黄島の戦いなど、激戦に次ぐ激戦で精神的疲労が重なったアメリカ海兵隊では、死闘を繰り返したわれら黄色人種への差別感情もあって、屍体損壊が日常になっていた。屍体への排尿や射撃などの冒瀆は敗者への優越感を自覚させてなまぬるい快感に浸らせたのだ。サイパン島で収容所にいた日本人少年は、アメリカ軍兵士が海岸で頭蓋骨を蹴ってサッカーをしている猟奇的行為を目撃している。頭蓋骨がコレクションされたのは撃墜された日本軍機パイロットの遺体などで、銀翼つらねて南の前線に赴いたはいいが肉弾砕かれて栄えあるわれらとはならなかったのだ。ああそれが少年たちの憧れであったラバウル航空隊所属、海鷲たちの末路とはなあ。燃料片道テンツルシャン、涙で積んで、行くは琉球、死出の旅、エーエ死出の旅。帰ってきたおれはもはや赤き日のおれ。どうやって食べたのかなあ。トトロのとろろだ。とろとろのとろろだ。ああ、粒子加速器今あれば、サイクロトロンにネギトロン。

のち米軍は遺体のコレクションを懲戒処分の対象とする命令を出したが、それはすでに戦争末期であったし、戦死者の遺体の一部をコレクションすることはそれ以後も続いていた。フランクリン・D・ルーズベルト大統領は、日本兵の腕の骨で彫ったペーパーナイフを贈呈されている。わあっ。ドライボーン、ドライボーン。驚いた大統領はそのナイフの葬儀を命じている。ああ。ジュネーヴ条約が日常口にされるようになるまではまだまだったのだ。やめんか。こら。何をするのだ。このような行為は陸上戦における慣習的な不文律に違反しておる。死刑に処することだってできるのだぞ。

日本兵の屍体を切って持ち去る行為を書いたのは戦記ものの作家エドウィン・ホイト。ホイトとは即ち四百四人の乞食、椀持って門《かど》に立つ、おっさん飯をくれ、くれんとちんぽ齧る。その行為を反米宣伝として日本で報道したことが、結果的に連合軍の上陸で発生したサイパンや沖縄での民間人の集団自殺につながったとしているが、ここには日本兵による自殺の強制という事実が書かれていない。それが問題ですね。いやいやすでに問題になったんだよ。大江健三郎さんに聞いてごらんよ。あはははははははははは。おお。ひめゆりの塔で死んだ女性は誰と誰。たくさんいるんだよ。名前だけ列挙すれば津島恵子、香川京子、関千恵子、小田切みき、徳永街子、岩崎加根子、大和田絢子、魚住純子、川口節子、渡辺美佐子、岡野真樹子、北條美智留、楠侑子、市村雅子、相馬百合子、清水栄子、坂口寿美子、松井博子、牧幸子、片岡藍子、長谷川菊子、福田昭子、杉田弘子、原泉子、薄田つま子、山本みどり、三井あき子、利根はる恵、戸田春子、田中筆子、原緋紗子、柳文代、山本和子。ひやーみんな死んじまったよー。中には生徒の母親などもいるがみんな女性だもんね。老婆もいるがそれとて、老婆は一日にして成らず、である。Ⓒ横田順彌。

反戦映画「ひめゆりの塔」を撮った今井正監督は、戦争中に国策西部劇映画「望楼の決死隊」を撮っているが、これはわれら南蛮狭隘族には関係なし。朝鮮と満州の国境の話だ。今井監督左翼の恥。あっ。これには「決戦の大空へ」の高田稔、原節子コンビも出演してるね。

アメリカ海軍法務部では「アメリカ軍将兵が犯した残虐行為により、日本人による報復行為が引き起こされ、それが国際法の元で正当化されるおそれがある」としていたが、確かに戦争も末期となれば日本軍における類似事例もあった。ニューギニア戦線に従軍したチャールズ・リンドバーグの日記、ユージン・スレッジの実録手記「ペリリュー・沖縄戦記」には、日本兵による米軍戦死者の遺体の切断という証言がある。ああ美しいなあ。金髪の美少年じゃないか。うん。まだ子供だな。あっ。わしは欲情してきたぞ。おいっ。その切断したちんぽをわしに寄越せ。いやだいやだっ。渡すもんか。何っ。わしは上官だぞ。あーっ。喰いやがった。金髪を寄越せ。金髪を。何っ。メレアスとペリザンドとは何か。「日本軍への残虐な戦犯」というのは、ナショナルジオグラフィックチャンネル製作の、遺体損傷を扱ったドキュメンタリー作品であり、ここには「ペリリュー・沖縄戦記」に基づく遺体損壊行為が幾度も登場する。ボルネオ島は日本軍がくるまでイギリスとオランダの統治下にあり、十二人のイカれた男としてわれわれ宣教師が送り込まれていたため、本来現地の首刈り族であったおれたちダヤク族は、キリスト教徒に改宗していた。ここへやってきた日本兵がおれたち宣教師を拷問して殺したため、ダヤク族は日本兵を憎んでいた。そのためおれたちダヤク族は、島に不時着した若いアメリカ兵たちをかくまうなど、連合軍に対して好意的であった。

やがてイギリス軍がある作戦を実行に移した。民俗学者を現地に送り込み、彼らと兵士たちが接触し、ここに現地民を巻き込んだゲリラ戦が始まった。戦いの中、イギリス軍陸軍少佐ハリソン・フォードとその部下たちは共同生活をしていたボルネオ島首刈り族に、宣教師たちがやめさせていた首刈りの習慣を復活させ、われわれ日本兵の首を刈るごとに賞金を与えるという方法をとるようになる。彼らはだまし討ちされ殺害されたわれわれの首を切断し、大量の干し首加工を行って大いに楽しんだのであった。のち、遺骨収集の団体が訪れた時、お持ち帰り下さいとこれら干し首が提示されたというのだが、親族にはわれら干し首のそれぞれの顔貌が、例えばこれぞ我が子、これぞ我が夫と判別できたであろうか。

戦場における残虐行為が銃後、大っぴらに語られることはなかったが、広島、長崎に投下された新型爆弾の噂とともにひそかに語り伝えられ、中にはあきらかに嘘とわかるデマも含まれていたのだが、銃後の少年にとっては戦後になっても、それは事実ではないというだけの、すべてが心に突き刺さる真実であったのだ。もう少し早く生まれていれば伊豆肇や沼田曜一と共に東大から戦場に送られ、書いた手記が死後「きけわだつみのこえ」として出版されていたのである。

「ねえ、お父さん。日本は今、勝ってるの。負けてるの」

「そういうことを聞いてはいかん」

「本当は、負けてるんでしょう」

「だから、そういうことを聞いてはいかんと言っておるんだ。口にしてもいかん」

「はい」

「わかったか」

「わかりました」

縁側の人

わたしの恋人マイダーリン、地獄の恋人ヘルダーリン。死ぬがよい、高貴な精神よ。この地上では君の住まう場を求めても所詮甲斐ないのだ。なぜならば地上こそが地獄。狂気の晩年にも詩を書き続けたが、それさえ地獄で出版された。あはははは。なあに驚くことはない。ヘルダーリンは昔読んだ詩でな。大正時代に出た生田春月という詩人の翻訳が家にあってな、たまたまその詩をいくつか読んだだけだが、今でもヘルダーリンなんてものを読んどる人がいるのかな。わしはちょうどお前の年頃、中学時代に読んだ。これはもう、清らかな清らかな詩でのう。あれは中学生ならいかれるわい。そうそう。思い出したぞ。あの頃の同級生で吐糞症の女の子がいた。腸閉塞の為に腸の内容物つまり大便が口から出る病気だ。口が臭かったので皆から嫌われていたが、可愛かったのでわしはその子が好きだった。その子もわしが好きで、ずいぶんつきまとわれたもんだ。だから十三、四歳の頃だよ。お前には好きな子がいるのかな。ええと、お前は武志だったかな。ああそうか。広継だ広継だ。すまんすまん。とにかく中学の学芸会、今は文化祭って言うのか。クラス代表で何かやれと言われて、他に何かやる芸を持ったやつがいなくて、しかたないからそこでヘルダーリンを朗読して、ヘルダーリンを讃えたわしの詩も朗読した。誰にもわからずに皆ぽかんとしておったが、社会の教師にだけは褒められたなあ。ああ、世界史専門の教師だよ。

詩かね。詩は昔、わしだけではなく、若い連中がみんな好んでおってな。バイロンとかハイネとか、いろいろとあったが、ほとんど忘れてしもうたなあ。それでもいくつかは憶えておるよ。戦後すぐの頃だから十二、三歳だったかなあ。戦前から家にあったレコードで、「ポエマ」というタンゴのレコードがあった。よく憶えておらんのだが、やっぱりアルフレッド・ハウゼという楽団の演奏だったかなあ。あの頃はコンチネンタル・タンゴといえばアルフレッド・ハウゼだったからな。「真珠採りのタンゴ」「碧空」「ジェラシー」「ラ・クンパルシータ」。で、その「ポエマ」だが曲の合間に詩の朗読があった。「ああ黄昏も迫り」というあの曲をバックにして女が朗読する。意味も何もわからぬままに何回も聞いて憶えてしまったんだが、間違っておるかも知れんよ。憶えておる通りに言うてみるが、とにかく、こんな詩だ。

ポエマタンゴ

マーティカルモニーヤ
デパチヨナンセンチミエント
セーストヴィスタクラルゴティーエントコモデニートウエストコムディート
デラババラディタニエルブレドミナンセ
イーコムマールゴヴェーティセイロオ

何が何やらわからんだろう。わしにもわからん。ドイツ語かも知れんが、わしはドイツ語を知らんので何とも言えんな。ああ。第二外国語か。わしはフランス語だった。いやいや、もう今となっては何もかも忘れてしもうた。辛うじてエートルとアヴォワールは憶えておる。うん。BE動詞とHAVE動詞だ。そうだ。こんな詩を暗記させられたことを憶えてるぞ。「オンネンタンデー・リヤン・リヤン」。何も何も聞こえなかったという意味だが、たしか「水の上」とかいう詩でな。誰の詩か憶えとらん。モーパッサンではなかったかなあ。ああ。何もかも断片じゃ。断片じゃ。断片になってしもうたわい。そうかお前が武志か。もう大学生か。英語とイタリア語かあ。ということは、お前は恵一の息子か。でかいなあ。ということは恵一はもう中年か。昔なら初老ではないか。恵一になあ、この家の商いを継がせようと思うておったが、会社員になってしもうたなあ。祖父さんが始めた不動産業じゃ。そうじゃ。その祖父さんがこの家を建てた。他に継いでくれる者もおらん。わしの代でしまいか。何もたいした仕事をせいでも勝手に儲かっておったから、ええ商いだったんだがなあ。
　寒うなってきたな。敏子さん。羽織をくれんか。あ。淑子さんか。こりゃ失礼。武志は
「スリラー蟹の出現」という小説を知っとるかな。これは変な小説でなあ。隣の部屋で変
な音がして、危険だということがわかっていながらそっちへ見に行くなどの、スリラー映
画の観客をはらはらさせる技法そのものを批判しとるのだが、それがそのままスリラーに
なっておってな。これが怖い。今はどうすれば読めるかなあ。何せ昔の小説だ。ネットで
古本を捜してご覧。いやいや。わしの本棚を捜しても無駄だよ。金がなくなるたびに本を
ごっそり売ったからなあ。でもなあ、売った本のことでも内容はぼんやりと憶えておるか
ら、読んだだけのことはあったんだろうな。それにしても、スリラー蟹とはどんな蟹だっ
たのかな。東海の小島の磯の白砂にわれ泣きぬれてたはむれておった蟹なのかなあ。はて
さて、指で砂山の砂を掘ってたら出てきたのはいたく錆びしピストルかなあ、真っ赤に錆
びたジャックナイフかなあ。なんでまた砂に大といふ字を百も書いたのかなあ。死ぬのを
やめるためだけかなあ。あの辺のことはようわからんわい。
　なあ広継。あの桑の木だが、枯れてきておりゃせんか。わしには枯れてきたように見え
るが。昔理科で蚕を飼うた時に、クラスの連中が大勢、あの桑の葉を取りに来たなあ。虐
めっ子は庭に入れてやらなんだ。それを恨んでまた虐められたがな。あははは。中島の
芙美子ちゃんも来たなあ。あの子は綺麗だった。四年前に心臓を悪くして死んだが。そう

か、あの家には今も芙美子ちゃんの曾孫がおるのか。芙美子ちゃんに似とるか。なんじゃ男の子か、つまらん。なあ武志。お前は何をやっとるんじゃ。スポーツのことだよ。何。クラヴマガとは何じゃ。イスラエルの軍隊の武術とはそりゃまた物騒なものをやっとるなあ。クラヴマガのう。えっ。弟はテコンドーをやっとるのか。テコンドーなら知っとるわい。そうそう正志だったな。兄弟で凄いものやっとるんじゃなあ。わしなんかフェンシングだった。エペ、フルーレ、サーブル、一応全部やった。いやあものにはならなんだ。女の子に負けておったよ。

フェンシングが弱かったのはな、あの頃は肥り過ぎておったからでな、若いから旨いものには眼がなくて、常にたらふく食っておった。しかし肥り過ぎは恰好悪いし女の子には嫌われる。痩せたいのだが食い気が先に立ってどうにもならん。そんな時、食い過ぎて下痢をした時などは嬉しかったもんだ。いくら食っても肥る心配がないんじゃからな。おおっ、ここで島倉のお千代さんの替え歌を思いついたぞ。

しあわせいっぱい腹一杯
だって　だってわたしは
下痢しているんだもん
わははははははははははは。こらこら、気ちがいを見る眼でわしを見るな。
お前、正志じゃないか。この縁側から小便させてやったの憶えているか。ズボンの前をあけて、青唐辛子みたいな小さなペニスつまみ出してやって、シーコイコイ、シーコイコイと言うと、勢いよくあの金木犀のところまで飛ばしたなあ。今はもうあんな小さいおちんちんじゃないだろうな。いやいや、出して見せんでもよろしい。そうだ思い出した。小学生の書いた詩というのが新聞に載ったことがあった。あの詩には驚いたなあ。今じゃたいしたことはないのかも知れんが、あの頃大学生だったわしには詩の定型を批判しておるように見えた。「シバ干」という、こんな詩だ。

ヤ
ヤヤ
ヤヤヤ
ヤ

いいや。名前は忘れちまったが、とにかく小学校低学年の生徒が書いた詩だという記事だった。まあ新聞記者の手が入っておるかもしれんがの。小学生ということで言えば、あの頃カール・ブッセの書いた「山のあなた」という詩をネタにした落語を三遊亭歌奴がやっておった。「山のあなあなあな」というあれだ。知らんか。吃音の話だからやらなくなって、落語家やめちまったのかなあ。もとの詩はたしか、こうだ。

山のあなたの　空遠く
「さいわい」住むと　人の言う

ああわれひとと　とめゆきて
涙さしぐみ　かへりきぬ

これをある小説の老大家がこう解釈した。山の彼方の空遠くに「さいわい」という名の怪物が住んでいて、あばれているというので人と止めに行ったのだが、グミの枝で眼を刺して、涙を流して帰って来た。これを聞いてわしは腹をかかえて笑ったもんだ。あの頃はステファヌ・マラルメの「サイコロのひと振り」だの、「バラの季節が過ぎて初めてバラのつぼみが何だったかを知る」などとわけのわからんことを言うておったゲーテだの、学生はいろんな詩人に夢中になっておったがのう。「ランボー怒りの脱出」で有名なアルチュール・ランボーという乱暴な詩人もそうだな。淑子さんや、ちょっと横になりたい。枕にするから、座布団出しておくれ。ああ頼むよ。寝る布団を出しちゃいけない。

それでだな。酔いどれ船に乗ったランボーは大洪水の後で一匹の野うさぎになったというな。中原中也なんて詩人は自分の詩よりも先にこのランボーの詩の翻訳で有名になっちまった。中原中也の「在りし日の歌」なんていう二冊目の詩集は奴さんが死んだあとで出ておるよ。ああそりゃもう、淑子さんの言う通り。わしの言うことなどまともに聞かん方がよい。冗談が混じるからな。何度も同じ冗談を言うておるうちに、どっちが本当か冗談かわからんようになってしまう。いやいやこれは冗談好きの老人にあり勝ちなことじゃ。親爺ギャグどころじゃないおじんギャグの世代にはな。そうそう同じ頃かなあ、ヴェルレーヌという詩人がいて、この人の詩も一時期もてはやされとったよ。堀口大學という人の訳だったが歌われているうちに歌詞が変ってきておったかもしれん。だが一般に朗誦されておったのはたしかこうだ。

巷に雨の降る如く
我が心にも涙降る
かくも心にしみわたる
この悲しみは何ならん

「雨ぞ降る」っていう詩だけど、これは映画化された。タイロン・パワーとマーナ・ロイ主演だったけど、できた映画は災害映画になっちまった。雨が降り過ぎたんだろうね。日本じゃこのタイトルで高峰三枝子が歌ったけど、もはやヴェルレーヌとは何の関係もないブルースになったなあ。でも、巷ってどこだろうね。雨雨降れ降れもっと降れ母さんが蛇の目でお迎え雨よ降れ降れ悩みを流したりわたしのいい人つれて来たり、忙しい雨でな。中にはカンツォーネで「ピオージャ」という何やら勇ましい雨もあって、「雨降りお月」はモダンで好きだったが、しゃらしゃらしゃんしゃん鈴つけたような豪華な馬があるのになんで唐傘がないんだ。

今、頭がずきんとした。いやはや困ったもんだ。多臓器不全ではないのかな。この間からいろんな薬をまとめ飲みしたから気が変になって、言うことも変になって、あちこち具合が悪い。そうだそうだ、あったあった。同じヴェルレーヌで「秋の詩」ってやつだ。秋の日のヴィオロンの溜息の身にしみてひたぶるにうら悲し。ヴィオロンとは何のことかと思うとったら、ヴァイオリンのことだったよなあ。ゲーテをギョエテと言いショパンをチョピンと言うが如しか。あっ。詩と言えば家には萩原朔太郎の色紙があったぞ。なぜか親爺が手に入れて応接間に飾ってあった。あれは誰かが持って行った。たしか「青猫は月に吠えて甘ったれる」と書いてあったが。何。朔太郎にそんな詩はないとな。「青猫」とか「月に吠える」とかいう詩集はあるが、じゃあきっと色紙用に作った詩だろう。猫と言えば、最近タマを見かけんが、どこにおるんじゃ。ほほう。元気がない。だいぶ衰弱しとるのか。あの猫いくつだ。二十歳か。二十歳と言えば人間の娘なら年頃。何。青春まっさかりというのか。しかし猫ではなあ。青春ではないわ。二十歳はもう婆さん猫じゃ。弱っとるのか。可哀想になあ。以前は綺麗なええ猫だったがのう。わしが寝ておるとそこへ乗ってきよった。腰の上じゃ。

アルフレッド・ハウゼで思い出したが、アルフレッド・ド・ミュッセという詩人もいたなあ。この人の書いた「十二月の夜」という詩をモチーフにして、「プラーグの大学生」という怖い話をハンス・ハインツ・エーヴェルスという作家が書いた。これはドッペルゲンガーの話でな、何度か映画化されておるよ。おお。何だか次つぎと思い出してきたぞ。ポール・ヴァレリーという詩人もいた。「海辺の墓地」という詩を書いて、その最後の部分の「風立ちぬ。いざ生きめやも」という一節が堀辰雄の小説のタイトルになった。「風立ちぬ」は愛する者の死に寄り添う話でな、あれはいい恋愛小説だった。もう先が長くないからこそ、今になってあの小説のよさがわかるのかもしれんな。そうそう、恋愛と言えば、わしがまだ中学生だった時分に川田順という歌人が、七十歳近くにもなって大学教授夫人とどえらい恋愛事件を起してなあ。老いらくの恋などと囃し立てられたもんだ。友人に伊達といって、出っ歯だったせいで中学生の癖に爺さんみたいな顔をしたやつがいてな、こいつが野球が好きで皆から老いらくの野球などと囃されておったわい。川田順の写真も見たが、こんな爺さんがなんでまた、とわしは思ったもんだが、今になってみれば今のわしよりもずっと歳下だし、なかなか美男子でもあったから、恋愛沙汰もわからんでもないわい。何。どんな歌を詠んだかって、そこまでは知らんなあ。日本の歌人には疎いんじゃ。わしか。恋愛か。そりゃ今でも恋愛はしとるわい。誰かを好きになるからこそ生きとる価値があるのでな、常に誰かを恋しておるよ。そう言やあ、淑子さんはどうもわしが好きなようじゃな。えっ。違うのか。わしを好きなのは敏子さんの方か。こりゃあまた失礼したなあ。敏子さんとは思わなんだなあ。わしに対してはあんなに怖い人なのになあ。何。ツンデレとは何じゃ。いいやわしゃ知らんがな。変な言葉が流行っとるんじゃのう。構わんわん。嫁たちに好かれてわしは幸せじゃが、相続のこともあるから、あんまり喜んではかりもおれんわい。

今はもう誰も訪ねてこなくなったし、手紙も来なくなった。年賀状も減ったなあ。わしゃとうに終活をやっとるから、もはや賀状など誰にも出さんしな。来るのはわしより歳下の者からだけじゃが。歳上は皆、死んじまいおってな。癌で死んだやつが多いが。ああ。そういえば昔「癌だらけ」という歌をテレビでよく歌っておったな。

ガンダーラケ
ガンダーラケ
わしのからだ
ガンダーラケ

わしは癌ではないが、肺気腫やら肝臓肥大やら何やらかやらで、死期が近づいておることははっきりしておる。夢で見るのだが、もうすぐ目の前のそこに寒き門がやってきておるんじゃ。そう、アンドレ・ジイドの「寒き門」じゃ。何。「狭き門」。似たようなもんじゃろ。

あの植込みはえらい繁ってきたなあ。植木屋に刈り込んでもらわんといかん。どんどん周りへ広がって行くじゃないか。あの奥が真っ暗の闇じゃ。熊でも出そうな、なんだか物騒な様相を呈しておる。あっ。そうそう。えらい詩を忘れておった。今思い出した。ウィリアム・ブレイクという詩人の詩でな。「虎よ！　虎よ！」という小説のタイトルにもなった。「虎よ！　虎よ！　ぬばたまの夜の森に絢爛と燃え」から始まるおっかない詩だ。

あの植込みの中の闇に虎の眼が光っておるわい。ああいう暗がりはどうも好かん。まして森とか密林とかの奥の闇はひたぶるに恐ろしい。何。小説か。詳しいことは忘れたが、顔一面に虎のような縞模様の刺青を彫られた男の話でな。これも恐ろしい話だったぞう。なんだか宇宙全体に対して復讐をしようなんていう悪い男の話でな。しかしフランスの詩人には悪い男が多いな。さっきのランボーも乱暴だが、ボードレールというのも悪い奴だったらしいぞ。フランス語を知らん時には、なんで板製の線路なんじゃなどと思うておったが、なんせ悪の華じゃもんな。ドオミエの絵の笑いについて書いた詩は憶えとるなあ。悪とその一党を描いた絵を褒めとるのだが、強姦、毒薬、匕首、放火、悪い奴ばかりじゃ。わはははははは。わしゃこの男好きだったがなあ。おっ。そう言えば匕首マックとか、マック・ザ・ナイフとかいう歌もあったな。あれを初めて聞いた時は、なあんじゃ「三文オペラ」の「モリタート」じゃないかと思ったもんだが。

おやっ。少しうとうとしたかな。すまんすまん。まあ赤ん坊と同じで、老人もまた寝るのが仕事じゃ。朝がたあれだけ惰眠を貪っておきながら、まだ眠いとはなあ。朝かね。朝は眠っては夢を見て、また目醒めては眠る。その繰り返しじゃ。まあ、惰眠というだけあってろくな眠りではないが、しかし夢は面白いぞ。ろくな眠りでない方が、見る夢は気ちがいじみていて面白い。昨夜も変な夢を見たなあ。そうそう。それで思い出したがさっきのヴェルレーヌの詩を訳した堀口大學という先生は、友人だったせいか佐藤春夫の詩が好きだったらしい。わしなど、なんでまたあんなセンチな詩をなどと思うのだが、あの有名な「秋刀魚の歌」、あはれ秋風よ、情《こころ》あらば伝へてよというやつだがな、男ありて、今日の夕餉にひとりさんまを食《くら》ひて思ひにふけると、さんま、さんま、さんま苦いか塩っぱいかというあの詩だけはなかなかいいなあ。何だか失恋したか友人に裏切られたかで神経症になった時に詠んだ詩らしいなあ。だからいい詩になったのかな。読んでるうちにちょっと気が変にもなる変な詩だ。あの詩を読むとさんまが食いたくなるという人が多いが、理解できんわ。そもそも食い物としてのさんまは嫌いだしな。うん。さんまもたけしもタモリも嫌いじゃ。その癖、昨夜見たのはさんまを食う夢じゃ。

何っ。筒井康隆がそんなことを言うておるのか。詩が嫌いなのか。ふんふん。つまり、よいフレーズがあることは認めるが、それを何故フィクションとして表現せんのか、その方が効果的だとか言うておるんじゃな。それは認めるが、筒井康隆とてここへ書いたくらいの詩は知っておるじゃろうし、それなりの感性で受け入れてはおる筈じゃ。何を偉そうに。まあ詩を馬鹿にするやつは他にもおるがどうせろくな奴ではない。

曇ってきたな。えっ。違うのか。もう夕方かい。なんだか眼が悪うなってきおってな。曇っておるのか暗うなってきたのか、ようわからんようになってきてな。そうそう。東京に空がないと言うたのは智恵子さんだった。ほんとの空が見たいと言うたんだったなあ。ほんとの空とはどんな空かなあ。この空のまだ上にある空かなあ。光太郎のあの詩を読むといつもそんなことを思うんじゃわい。わしも驚いて空を見るんじゃわい。子供の頃は天国というのは空の上にあると思うておったから、ほんとの空とは天国の空のことかもしれんなあ。いやいやあれはこうたろうと読んではいかんらしいよ。みつたろうと読むんだそうな。わしはみつたろうの方が好きじゃが。空と言えば、そこにあるその藤棚の下にはなあ、昔、防空壕があった。芙美子ちゃんと一緒に入って、ふざけて抱きついたりして遊んでいたもんだが、そのさなかについ、ぴゅっと快感を洩らしちまってなあ。ああ。この体験はな、ずっとあとで読んだマルセル・プルーストの「失われた時を求めて」の主人公の体験と重なりあうものがある。第二篇の「花咲く乙女たちのかげに」の中で、主人公のマルセル少年がシャンゼリゼ公園で、恋人でもある友達のジルベルトと手紙の奪いあいをしていて、「つい快楽をもらした」という一節がある。するとジルベルトはな、「もしよかったら、もう少し取っ組みあいしててもいいのよ」みたいなことを囁くのだが、これもまた芙美子ちゃんがわしに言ったことと似ておったな。「もっとする」と訊ねたんじゃ。つまり彼女はジルベルトと一緒で、わしが抱きついている目的をぼんやりと知りながら、その目的をすでに果たしたことには気づいておらなんだのじゃ。ああ。「失われた時を求めて」は何度か映画にもなったな。わしが見たのは「スワンの恋」と「見出された時」で、「スワンの恋」はサイド・ストーリィの映画化だし、「見出された時」は最終章の映画化だし、どちらも本格的な映画化ではなかったわい。まああれを全部映画にしたら七十八時間と三十分くらいかかってしまうじゃろうからどだい映画化は無理じゃ。

唄はちゃっきり節男は次郎長、誰じゃ歌っとるのは。淑子さんか。ほほう。淑子さんはちゃっきり節が好きか。よく歌っとるのか。そうかそうか、あの歌はな、北原白秋が作詞した。新民謡とか言うてな。そうそう。他にも松島音頭なんてものも書いとるぞ。何。えんやとっと、えんやとっと。まつしーまーのサーヨー違うちがう。あれは斎太郎節というてな。ほんとの宮城県の民謡じゃ。白秋の松島音頭はもうちょっと格調が高いわい。見たよ見ました一もと桔梗、知っとるじゃろ。山田耕筰の作曲でなあ。北原白秋か。童謡はずいぶん多いぞ。待ちぼうけ待ちぼうけある日せっせと野良稼ぎ。野良仕事ではなくて野良稼ぎというのが時代をあらわしとるな。ゆりかごの歌をカナリヤが歌うよ、この道はいつか来た道、栗鼠《りす》りす小栗鼠アンズの実ぃが赤いぞ、春は早うから川辺の葦にあわて床屋でござる、蛇の目でお迎えの雨降りも白秋じゃ。からたちからたちからたちの花、違うちがう。そりゃ島倉のお千代さんじゃ。白秋のはな、からたちの花が咲いたよ。これも曲は山田耕筰じゃ。しかしこの白秋、本来は平凡派から出発した詩人だった。「邪宗門」なんて分厚い袋綴じの詩集を昔は粋がって持っておったがのう。あんなもん売ってしもうて、もうないわい。

しかしまあ童謡はいろいろと不都合が多いな。子供に教えるとよくない歌もある。北海道で子供が羆《ひぐま》と遭遇して、「やあ、森の中で熊さんに出会った」と言いながらよちよちと抱きつきに行く。危険極まりないわ。
　歌を歌うと咽喉が痛うなる。今日はなんだか歌を仰山歌わされたわ。曲になっとる詩が多いからなあ。曲になっておらん詩なら歌わんでよいから楽じゃがの。何。面白いから次は友達をつれてくるというのか。もうよいもうよい。これ以上歌わせるな。宮沢賢治か。あれはよい。あの男の詩なら曲になっていないものが多いからよろしい。いやいや。「風の又三郎」の歌なんて、映画が作られた時のもんじゃ。あれじゃろ。どっどどどどうど、どどうどどどうってやつじゃろ。まあ作詞は本人だが。ああ。「雨ニモマケズ」か。あれはタイトルのないメモに過ぎんようだが、あれと銀河鉄道がいちばん有名になってしもうたな。「雨ニモマケズ」はむしろパロディにしやすいから有名になったと言える。わしも作ったぞ。三日ほど前にこの縁側でぼんやり寝ているうちにできた歌でな。認知症になりかけている老人の歌だ。ええと、たしかメモ書きをこっちの袖に入れたが。ああ、あったあった。聞くかね。よしよし。では読んで聞かせよう。言うておくが認知症の老人の歌だから、そのつもりでな。

　亀ニモマケズ
　兎ニモマケズ
　鬼ニモ浦島太郎ニモマケヌ
　幼稚ナアタマヲモチ

性欲ハナク
決シテ悩マズ
イツモゲラゲラワラッテキル
毎日毎日食ヘルモノナラ
何デモアリッタケ食べ
シゴトノブンタンハ
ジブンヲカンヂャウニ入レズニ
ジブンノ悪口ダケハ
ヨクミキキシワカリ
ソシテワスレズ
乃木坂ノ街ノ有料ノ
高級介護老人ホームニヰテ
東ニイヂメラレテキルコドモアレバ
行ッテ刃物ヲ渡シ
西ニ狐ニ憑カレタ母アレバ
行ッテ狸ニナリ
南ニ死ヌ死ヌト叫ブオバアサンガヰレバ

行ッテ一緒ニ死ヌ死ヌトイヒ
北ニケンクヮヤソショウガアレバ
オモシロイカラミニユキ
ヒデリノトキハハダカデアルキ
サムサノナツモハダカデアルキ
ダイタイイツデモハダカデアルキ
ミンナニ認知症トヨバレ
見テ見ヌフリヲサレ
早ク死ネトオモハレ
ソレデモ生キテヰテ
ノノシラレモセズ
ダイジニモサレズ
サウイフモノ
サウイフモノ
サウイフモノトハダレノコト
サウイフモノニ
ナリタイトイフ

サウイフワタシトハ
ダレノコト
ダレノコト
ダレノコト
ダレノコト

わはははははは。読んどる途中で日が暮れてきて、読めなくなってきたから勝手に自分で文章を作って喋っておったんじゃ。どうじゃ、面白いか、面白うないか。なんじゃ。誰もおらんではないか。ええと、武志はどこへ行った。ああ、広継だったかな。広継はどこだ。広継もおらんのか。そのあとで武志がきたんだっけ。正志もおったな。みんなどこへ行ったんじゃ。帰ったのか。帰ったとなると寂しいのう。猫までおらんがな。猫かあ。青猫青猫。青猫は月に吠える。わしは太陽に吼える。がおー。わははは。よく見る夢は電車の夢だ。どことも知らん街の、わけのわからん駅から家に帰ろうとするんじゃが、切符を買おうとしても切符売場の窓口や券売機がやたら高いところにあって背が届かなかったり、何かの上に乗ってやっと行先表示を見ても知らん駅の名前ばかりで、家の近くの駅の名前がどこにもない。そのうち電車が来る。あわてて飛び乗るが、その車両には端っこに貨物だけが積まれていて乗客がおらん。こんなものに乗るのはホーボーだけじゃ。家に帰りたいという気持だけが残り、帰りたーい、帰りたーい、おお我が家はあったかハイムかグッゲンハイムかユーハイムかアルンハイムの地所にあるのか。この列車はもしかすると天国行きの列車かな、それとも地獄行きか、なんてことを思う。おお地獄の恋人ヘルダーリン。お前は誰じゃ。何じゃと。自閉愚神ガバタキとな。そんな神など知らんわい。引きこもりの守護神とな。間違えるな。わしは引きこもりでも自閉症でもない。黄色い梨の実吹っ飛ばせ、野薔薇もいっぱい吹き飛ばせ。猫吹き飛ばせ犬吹き飛ばせ、おお、どえらい風じゃ。なあにこんな風、寒うはない。地獄から吹く空っ風じゃと。平気じゃ。そうかそうか。そっちは人生の半ばか。わしなどはもう、どうせ人生の終りじゃ。長生きのし過ぎじゃ。目の前が昏うなってきおったが日が暮れたせいかのう。ええ気分じゃ。長生きしてええ気分じゃ。頭がぼんやりしてきおった。だいぶ前から睡眠薬依存症で、だからそのせいかもしれんな。ああええ気分じゃ。こんな気分のままで死ねたらええがのう。

あらお義父さん。お義父さん。こんなところで寝ちまっちゃ困りますよ。もう晩ご飯ですよ。起きてくださいな。困ったわねえ。お義父さんったら。あら。どうしたのかしら。お義父さん。どうしたの。何か言ってよ。お義父さん。お義父さんったら。

一九五五年二十歳

進学適性検査がもう一年早く廃止されていたら、おれは同志社大学に入れていなかっただろうなあ。あれは一種の知能テストだったのだ。お前ら一夜漬けの勉強で大学に入れるなどと思っていたらえらい間違いだぞ、大学なんてとこはもともと血筋家柄が立派で頭脳の優秀な者にしか縁のないところなのだ、なんて思想がこの検査の背後にあったのかどうか。小学生の時に受けた知能テストから高校時代の進学適性検査に到るまで、おれはなぜかこのようなテストや検査が得意だった。高校時代、廊下に張り出された検査結果を見て学友たちはあっと驚いていたが、それは普段のおれの成績が最低水準にあることを知っていたからである。当時の入学試験では必ず実施されていた進学適性検査、当時は略してシンテキと言っていたそのテストのお蔭でおれは何とか大学生になれたのだった。一九五四年、学習効果や努力主義に背馳《はいち》するので日本の制度に合わないとされたらしく、これは廃止となった。ああ一年違いで命拾いをしたなあと、おれは胸を撫でおろしたものだった。前年のシンテキはおれにとって容易かった。あとから考えて恐らくは百点満点に近い点数だった筈である。

シンテキ廃止の翌年のことだ。おれは二十歳。同志社大学には中小企業の子弟が多いのだが、その年から発売されたばかりのトヨペット・クラウンを大学の近くで見かけるようになった。何じゃこの保守的な高級車は。ドアが観音開きではないか。オーナー・ドライバーが息子を乗せてきたのか、停車したまま誰も乗っていないその車に、おれは乗ろうとした。免許もないのに、乗って運転してみようかと思った。おれにはこの頃からそういう危険なこととまたは法的違反行為を指向する癖があったのだ。辛うじて思いとどまったが、これに類した衝動にはずっと衝き動かされ続けたものだ。よくまあやらなかったもんだとあとで思い返してぞっとすることもあった。どうせ出来ない癖にと、おれの中の臆病な部分と反逆精神が争っていた。替え玉受験という、ばれたら退学になりかねない暴挙を試みたこともある。実際にこれは担当教授に見咎められ、友人と共にひたすら謝罪した苦い思い出もあるのだ。

モーリス・シャブリエと自称する友人がいて、この男はおれと共にフランス語を学んでいたのだが、でたらめのシャンソンが得意だった。実際のところ本当のフランス語は、おれと同じでいつまでたっても上達しない、いや、それどころかろくに喋ることすらできないままだったのだが、驚いたことにこいつ、シャンソン喫茶で歌ったりもしていた。フランス語のできる客が来ていたらどうする気だったのか。そんなでたらめで、スリルを好んでインチキをするところがおれに似ていたから仲良くなったのかも知れない。

正月以来、梅田のＯＳ劇場で「これがシネラマだ」の上映が続いていた。ずいぶん長く続いたように思う。三台のカメラで同時撮影したものを湾曲したどでかいスクリーンに映すというもので、冒頭のジェットコースターの疾走が大映しになった途端、観客席にいた徳川夢声が「ひやーっ。これがシネラマでしたか」と内心叫んだように書いていたのだったが、おれはそんな話を聞いて「これは映画ではない」と確信し、見に行くことはなかった。「これは見せ物だ」

その後、これを通路際の椅子で見ていた高所恐怖症のおばさんが、ジェットコースターが走り出すなり両手を前に差し伸べてぎゃーっと叫び、そのまま通路を走って行ってステージに激突し、引っくり返ったままげらげら笑い出してそのままおかしくなってしまったという話を聞き、ますます「映画に非ず」の感を強めたのであった。といっても映画に対するはっきりとした考えを持っていたわけではない。それどころか、単にこの頃のおれの認めている映画の範囲が極めて狭かっただけとも言えるのである。

例えば、恋愛映画は退屈で嫌いだった。この年に封切られた林芙美子原作、成瀬巳喜男監督の「浮雲」がずいぶん評判になり、高峰秀子の演技が賞賛され、のちにキネマ旬報ベストテンの一位に選ばれたりもしたのだが、おれは見に行かなかった。当時おれが見る気を起した映画といえば、ビリー・ワイルダー監督の「七年目の浮気」だった。だがこれとておれの嫌いな、マリリン・モンローを売りにしたお色気喜劇だったので、あとからの評価だがのちに彼が撮る「お熱いのがお好き」だの「ワン・ツー・スリー」だの「フロント・ページ」などのスクリューボール・コメディと言われていたハイテンションのコメディに比べれば喜劇としては劣るということになる。といっても「七年目の浮気」はトム・イーウェルの芸が凄いと思ったし、同じビリー・ワイルダーの「第十七捕虜収容所」にも出たロバート・ストラウスなどおれの好みの俳優がたくさん出演していたので、決して嫌いな映画ではなかった。ついでながら作家になってから「浮雲」を見て、森雅之の演技に感動したことを今思い出した。

映画と言えば、のちに東宝女優となる柳川慶子と一緒に演技の練習をしたことがある。同志社女子高校の演劇部を教えるため、関西演劇アカデミーのわが師匠たる筒井好雄について行ったのだ。美しさは女優になってからと変らなかった筈だが、その時はなんとも思わなかった。当時のわが親しきメッツェンというのはおれが密かに但馬《たじま》ハルと名づけていたインド風美人で、同志社女子大の学生だった。同志社大学と同志社女子大学の門は狭い道路を挟んで向かい合っていて、昼休みには両方から三三五五出てきた男子学生と女子学生がペアになり、そこから市電通りを渡って大門から御所の中へ入って行くのだったが、芝生に腰をおろしたところで白昼とあればペッティングもできず、弁当を食べたり、ただ話をするだけだったりした。おれの嫌いなヘルマン・ヘッセの話ばかりするので、文学部の学生にとってヘッセは常識だったから知らん顔もできず、ちょっと閉口したことを憶えている。

作家と言えばこの年にはおれが傾倒していた作家のひとり、坂口安吾が死んだ。まだ四十八歳だったし流行作家でもあったから新聞記事を見てえーっと驚いたものである。「堕落論」は、その通りその通りと頷きながらずいぶん愛読したものだ。睡眠薬アドルムや覚醒剤ヒロポンなどの中毒でしばしば警察に保護されたということでも有名だったが、死んだのは確か脳出血だった筈だ。何故だかわからないが、無頼派の作家や破滅型の作家、不良っぽい作家には当時から惹かれていたものだ。

御所では、同志社小劇場のメンバーが車座になってべったりと芝生に座り、よく読み合わせをした。公演では福田恆存の「龍を撫でた男」をやったのだが、この時演出をした経済学部の樋口昌弘はのちに現代演劇協会に入り、その福田恆存の弟子となって、共同でわが戯曲「スタア」の演出をやり、その後単独でわが「三月ウサギ」を演出してくれたりもしたのだが、勿論この時には将来そんなことになる因縁であったなどとは、想像もしていない。

たいして金もないのに、よくパチンコ屋通いをした。金がないから余計そうなったのか知らないが、そこそこの腕前だった。パチンコ屋は同志社の周辺に何軒か存在したのだ。ただし小劇場の先輩たちと一緒に行くのはなるべく遠慮した。球が溜る傍から先輩たちがやってきて、ごそっと持って行ってしまうのだ。

この頃パチンコ屋の店内ではデビューしたばかりの島倉千代子が歌う「この世の花」がしきりに流されていた。その年、あまりいつまでも流れているのでどうなっているのかと思っていたら、映画化されて次つぎと続篇が作られ続けていたのだ。それは翌年、第十部に至るまでえんえんと続いたそうである。この時代のパチンコ屋で流す音楽の著作権がどうなっていたのかは知る由もない。

第二次鳩山内閣が成立した直後だったからその頃だったと記憶しているのだが、素人ジャズのど自慢という催しがあちこちであった。戦後、占領軍によって大流行したジャズソングを素人に歌わせるという番組を文化放送が始めたのをきっかけにあちこちで行われ、おれも友人たちと一緒に大阪での催しに参加し、江利チエミの歌っていた「ウスクダラ」を歌ったのだが、自分が低音であることを言っていなかったので、伴奏のキイが原曲通りだったから一オクターヴ低い声でしか歌えず、低い点数しか貰えなかった。

それにしても第二次鳩山内閣は当時、妥協を強いられた内閣などと言われていたものだが、なかなかの面子《メンツ》を揃えていた。総理が鳩山一郎で外務大臣が重光葵、大蔵大臣が一万《いちま》田尚登《だひさと》、農林大臣が河野一郎、通商産業大臣が石橋湛山、運輸大臣が三木武夫、国務大臣が高碕達之助、もうひとりの国務大臣が川島正次郎《しょうじろう》。当時はたいしたことはないと思っていたのだろうか。今振り返って凄いと思うのか。いやいや、現代の大臣何代かの名を列記すればわかるだろう。なんじゃこりゃ、誰も知らない、名もなく功なく罪も罰もない者ばかりではないか。

のちに「くたばれPTA」などという作品を書くことになるおれだが、この頃にはまだ焚書というものがあり、東京母の会などという団体が青少年に悪影響を与えるとしてチャンバラもの冒険もの、猥褻《ひわい》な記述や写真の載った図書を不良文化財と称して焼き捨てていた。ずいぶんむかむかしたものだが、この腹立ちはいつまでも残っていた。そうそう、高峰秀子が松山善三と結婚したのもこの年だ。デコちゃん、可愛かったなあ。贅沢なことに仲人はなんと川口松太郎夫妻と木下惠介だったぞ。

マンボスタイルというのが流行った。このスタイルは男性のリーゼント・ヘアを除けば足より細いスラックスにダブダブのシャツという、男女の区別のないスタイルだったが、これは日本初ではなかったか。まだ学生服が大多数であったおれたちには無縁の流行であった。

他の学生たちに混って明徳館の前の大階段に腰をおろしていると、わっしょいわっしょいと言いながらデモ隊が校庭の大通りを駆けて行った。東京では皇居前、京都では御所など、公共の広場でのデモが禁じられていたので、学生たちは学内でデモるしかなかったのだ。

「おいこらあ筒井。お前も来んかあ」

練り歩く隊列の中から日本共産党同志社細胞にも所属していた友人がそう叫んだが、こういう政治的活動はおれには無縁とばかりおれは笑ってかぶりを振ったりそっぽを向いたりしていた。当時同志社には劇研と、おれが所属する小劇場と、共産党系の第三劇場があって、この男は第三劇場に所属していた。とは言うものの演劇活動以外の活動はすべておれには無縁だったのだ。宗教活動としては、プロテスタントの同志社大学では水曜日の三時限目がチャペル・アワーだった。教授でもあった牧師の説教があり讃美歌が歌われる。出席は自由だった。おれはしばしば出席したがそれは宗教心からではない。他の授業がなかったからだ。神について真剣に考え始めるのはこれよりまだ五十年も後のこと。この時はまだ「おれはいったい何者だ」などといったことを考えていたと思う。

通学する阪急電車の中では主にフロイド選集を読んでいたが、たまには演劇論、演技論なども読んでいた。その一環として東京慈恵会医科大学教授・高良《こうら》武久「性格学」という本も読んでいたのだが、そのさなか新東宝が獅子文六の「青春怪談」を映画化した。女性の男性化、男性の女性化を風刺した作品であり、どちらもあまり適役ではなかったが主演は高峰三枝子と上原謙だった。この映画の広告で「M＋W時代」という言葉が使われていて、これは男性の中にある女性度、女性の中にある男性度の意味で、「週刊朝日」がこれを特集で論じてから流行語になった。ずいぶん雑な議論だなあと思いながらおれはこの騒ぎを見ていた。「性格学」の中ではアプフェルバッハの理論が紹介されていて、そこでの男女における「性的牽引の法則」を読んでいたおれにとっては、なんともいい加減な議論に思えたのだった。

ハワード・ホークスの「三つ数えろ」がこの年に公開されている。これより前の高校時代にジョン・ヒューストンの「マルタの鷹」を見てすっかりハードボイルドとボガートに入れあげていたおれは勿論大喜びで見に行き完全にイカレてしまった。これ以前に同じホークス監督の「脱出」も見ていて、だからついでにローレン・バコールのファンにもなってしまっていたのだったが、この辺の映画の蘊蓄《うんちく》を垂れ流しはじめたらきりがないし他でもやっているので、ここでは「三つ数えろ」の脚本がのちに「ハタリ!」の脚本も書くSF作家のリイ・ブラケットと、「脱出」の脚本も書いているウイリアム・フォークナーであるという、あくまでおれにとってだが驚くべきことを書くにとどめ、いずれまとまった形の映画論にしようという望みがあることを小説の中ではあるもののちらりと述べておきたい。「白熱」の監督ラオール・ウォルシュ、主演のジェームズ・キャグニイなどの論考も加え、主に映画における家族主義について書くことになるだろう。

岩波書店からは「広辞苑」の初版が発売されていた。この前身である新村出《しんむらいずる》編「辞苑」のことは知らなかったのだが、万般の語彙二十万語収録という広告を見て、この頃から小説のようなものを書き始めていたおれはとても欲しくなった。しかし定価二千円、特価千八百円という値段は当時のおれにとって尻込みせざるを得ない値段だったのだ。何しろピース十本入りが四十円、珈琲一杯が五十円という時代である。何かを節約し、あとは父親にねだればなんとか手に入る値段ではあったのだが、つきあいだの遊びだの何だのに金が必要だったから、結局手に入れたのは大学卒業後十年、作家として一本立ちになってしばらくしてからだったと思う。昭和四十四年発行の第二版あたりであろうか。その頃には平凡社の「世界大百科事典」も買っていた筈である。

トニー谷という芸人は「ムーン・イズ・フワリンコフワリンコ・アップ・ザ・雲の上」などという言語感覚が滅茶苦茶に面白かったのでずっと贔屓にしていたのだが、芸人仲間にはその傲慢さと狷介さで随分嫌われていたらしい。だが一方では家族思いでもあったため、この年の七月、息子が誘拐された時には嘆き悲しみ、彼が生涯嫌い抜いたマスコミには、ここぞとばかりにその様が大きく報じられた。この時は喜劇人協会の初代会長だったエノケンこと榎本健一だけがトニー谷にいたく同情的でずっと付き添い、子供が犯人の家から無事救出された時は駆けつけて共に喜んでいる。ところが皮肉なことにエノケンはこの二年後、まだ二十六歳だった長男でひとりっ子の榎本鍈一を結核で亡くしているのだ。トニー谷の方はこれ以前から人気が下降気味だったが、おれはその全盛時代をずっと見てきていて、宝塚映画の家庭の事情シリーズなど「馬ツ鹿じゃなかろかの巻」から「ネチョ

リンコンの巻」に到るまでのすべてを見ている。後年歌番組の司会を算盤片手にやってい
る頃にはもう見限っていた。
第二次鳩山内閣がいろいろ話題になっていた直後、今度は日本共産党の全国協議会が開催され、いろんな噂になって賑やかだった。ここでも新しい中央委員会の顔ぶれが今から見ればなかなかのものであった。第一書記が野坂参三で、常任幹部会に志賀義雄、宮本顕治、袴田里見、志田重男、紺野与次郎。この時、それまで中国へ渡って消息を絶っていた伊藤律は帰国して除名され、地下へ潜ったままだった徳田球一は北京で客死していたことが公表された。吃驚した。ああそうだ、おれは徳田球一の似顔絵が得意だったのだ。そうとも。現在の共産党員が小者ばかりであるのに比べ、この時代の共産党員や共産党関係者が大物ずくめであることに驚くのはおれだけだろうか。強ち歴史上の人ばかりだからというわけでもあるまい。今の共産党員の誰と誰が歴史に残るか。
トオマス・マンがなぜ「世界の良心」と言われていたのかは知らない。おれにとっては「ブッデンブローク家の人々」があまりにも素晴らし過ぎ、徹夜で読んだために翌朝高校を遅刻し、教師に思いっきり叱られたせいもあって、おれの中では悪書に分類されていたのだ。なんとおれはまだ二十歳。あのトオマス・マンが八十歳になるまで生きていたとはなあ。そう言えば彼が「ブッデンブローク」を書きあげ、出版したのはまだ二十六歳の時だったではないか。こんな若さでこんな大傑作を書くなんて、天才に違いない、おれには

とても真似できないなどと思ったものだったが、勿論高校二年の時のおれも、二十歳の時のおれも、いずれ作家になるのだなどという大それたことは夢にも思っていない。略歴を見るとナチズムに抗議してドイツを出国したはいいが、帰化したアメリカで赤狩りに遭ってスイスへ移住するという不幸な目に遭っている。

「ロック・アラウンド・ザ・クロック」は強烈だった。こんな音楽を主題歌にした映画とはどんな代物かと期待して見に行ったのだが、新人だったヴィク・モローのみ印象に残り、「暴力教室」そのものはさほどの映画ではなかった。政府が暴力シーンのみを重視して、こんなことを日本でやられたらたまらんと思ったらしく「青少年に見せるな」という禁止条例を決定したが、つまりはその程度の映画だったのだろう。主題歌のみは未だに残っていてしばしば耳にするが。

日本映画では「夫婦《めおと》善哉《ぜんざい》」が評判になり、関西弁第二標準語論が起った。芸能や文芸のジャンルで関西弁が使われているのに、方言のひとつに過ぎない東京弁だけが標準語というのはおかしいとして、関西弁を第二標準語にしようとする議論である。標準語の習得に苦労していたおれとしては、そうなれば少しは科白の稽古も楽になるかもしれないと期待したのだが、なかなかそうはならなかった。しかしその後大阪弁だけでなくいろんな方言が抜けないままで役者ならともかくアナウンサーになるなどの人物が多出して現在に到っている。そのついでに鼻濁音、無声音などの技術もいい加減になり、おれのあの苦労は何だったのかと思ったりもした。

関西演劇アカデミーを卒業して以来、その卒業生だけで作っている劇団アカデミーで郷《ごう》田悳《だとく》の作・演出「霧海《むかい》」その他に出たりしていたが飽き足らず、青猫座という劇団に入った。金田竜之介の演じる「リリオム」を見て感動していたのだ。さっそく飯沢匡《ただす》の「北京の幽霊」に、文学座では中村伸郎が演じた中国人の役をやらされ、そして夏にはスタインベックの「二十日鼠と人間」で主役に抜擢された。映画ではバージェス・メレディスの演じたジョージである。映画ではロン・チェイニー・ジュニアが演じた大男のレニイは、その後東宝に入って越路吹雪の相手役などをした溝江博で、この人は母親がドイツ人だったが、さほど背は高くなく、小男という役柄のおれと差をつけるのに苦労していた。金土日の三日間四回公演だったが、八月だし今のように冷房もなく、暑いのなんの。休憩時間、汗びっしょり、楽屋口に出てぐったりしているおれと溝江を団体で見に来ていた女子高生が道路に立ち、取り巻くようにして見ていたことを思い出す。各紙の批評はよく、劇団主宰者の辻正雄は「筒井は男をあげましたね」と言っていた。

自動車事故で死んだばかりのジェームス・ディーンが主演した「エデンの東」が上映されていた。原作者が「二十日鼠と人間」のスタインベックだったから見に行かずにはいられない。主演者が死んだばかりとは知らぬままに見に行き、それ以前の「革命児サパタ」や「波止場」で好きになっていたエリア・カザン監督がますます好きになった。だが、これはおれの悪い癖なのだが、いずれ俳優になろうと思っているものだから、同年輩の若い俳優は絶対に褒めないし認めない。しかし劇団の稽古場では「エデンの東」を見てきたばかりの若い女優が身悶えしながら「勿体ないわあ」と言っていた。その後は「理由なき反抗」や「ジャイアンツ」を見て、いかにおれとてその演技力は否応無しに認めざるを得なかったのだったが。

大阪市内に何の用ででかけたのかは記憶にない。この年の暮だったと思うがおれは難波高島屋付近の御堂筋《みどうすじ》で山下清に逢っている。寒いのに単衣《ひとえ》の着物で、リュックを背負ったあの恰好で前から歩いてきたのだが、しばらく彼に気づかず、彼をすぐ目の前にしておれは立ちすくんだ。あっちも素足に下駄のややがに股で棒立ちになり、おれを見ていた。まだ一般には知られていなかったのだろうか。ほとんどの人は彼を知らぬ様子で通り過ぎて行った。

黒澤明の「生きものの記録」は「生きる」だの前年の「七人の侍」だのの興奮がからだに染み込んでいて次回作を待ち望んでいたから大喜びで見に行った。ひやーこれは極端な性格の極端な心理による喜劇だ。重厚な演出がかえって笑いを盛りあげる。ラストシーンの長い長い長回しにも笑いを誘われたのだが終るなりうんざりした顔のおっさんが立ち上がってのびをして「あーおもろないなあこの映画」にはさらに笑った。興行成績は悪かったらしいがそれでもキネ旬の第四位、わかる人にはちゃんとわかっているんだ。なんと言っても豪華極まりない俳優陣、時代が経つにつれてその豪華さにのけぞる豪華さ、これは黒澤でなければ不可能だろうね。とてもキャストを書かずにはいられない。三船敏郎。志村喬。千秋実。清水将夫。東野英治郎。藤原釜足。三津田健。渡辺篤。上田吉二郎。清水元。中村伸郎。三好栄子。小川虎之助。青山京子。東郷晴子。千石規子。根岸明美。太刀川洋一。左卜全。土屋嘉男。高堂国典。本間文子。谷晃。加藤和夫。出演していないレギュラーといえば加東大介、加藤武、木村功、宮口精二、伊藤雄之助といったところか。そして音楽は監督の盟友早坂文雄でこれが遺作となった。三船敏郎は三十歳代で主役の七十歳の老人。主役をふたつ続けた志村喬はこれ以後脇または悪役にまわる。

俳優になりたい、役者になりたい、演技者になりたいという想いはこの頃、灼けつくようであった。そしてとうとう、日活の俳優募集に応募して上京した。「二十日鼠と人間」を演出してくれた中西武夫に頼んで推薦状を書いてもらったが、これはどうやら何の役にも立たなかったようだ。同じ同志社大学から応募して上京した男性と一緒に日活撮影所にやってきたのだったが、他の応募者と大部屋で待たされ、やっと順番が来てでかいスタジオの中へひとりで入る。正面には十数人が机の彼方に並んでいる。中央に社長の堀久作、その隣にプロデューサーの水の江瀧子。直立しているおれをほんの何秒か、しばらく見たあとすぐ、何の質問もせず「いいですよね」「うん」などとうなずき合って「もう結構です」と、これでおれは落第が決定。せめて科白の一行くらいは読ませてほしかったなあ。

一緒に行った男も落第、大部屋で少し話した背の高い、いかにも頭の悪そうな男性が第一次を合格。おれが日活に憧れたのは宍戸錠が出演していた田中千禾夫《ちかお》原作の「おふくろ」など文芸路線だったのだが、この頃はもう活劇の時代になっていたのだ。この経験はいつまでも尾を引いて、作家になってからも「日活には絶対に原作を渡すまい」と決め、公言していたものだ。

こうして俳優になる夢は大きく遠ざかったが、だからといってすぐさま、では作家になろうかと方向転換したわけではない。とりあえずはもう少し現実的な目標を見出さねばならなかった。さいわい中学生の頃から父親の紹介で展示装飾の乃村工藝社へアルバイトに行っていて、これが当時のおれにとっては結構な収入になっていた。アルバイトだからこそのいい収入であり、いざ社員になったらさほどの給料ではなかったのだが、そんなことは知る由もない。大学を卒業するまでは休みごとにアルバイトをしていた。他方で、あわよくば俳優に、とも思っていたのだが、それはもう無理であることがうっすらとわかっていた。先が見えないまま、二十歳のおれは同志社大学で美学を学び続けていた。

昭和三十年。おれは二十歳。厚生省の発表によれば日本人の平均寿命は男性六十四歳、女性は六十八歳であった。あれからもう六十五年、なんとおれは八十五歳になった。二十歳のおれは、やがて作家になり、こんなに長生きするとは思ってもいず、まして息子が五十一歳の若さで死んでしまうなどとは夢にも思っていなかったのである。

花魁櫛
<ruby>おいらんぐし</ruby>

実家の母親が死んだので、トラック一台分の遺品がアパートの一室、狭いわが家にどかっと送りつけられてきた。遺族はおれたち夫婦だけだったのだ。「いらないわよ。邪魔だわこんながらくた」妻は眼を吊りあげて罵った。妻の家はもと江戸の旗本であり、妻はそれが自慢で、何かと言えばおれの親族を馬鹿にする。「そりゃまあ、確かにがらくたばかりだが、だけどこの仏壇はどうする。これぱかりはおれが引き継がないわけにはいかんだろう」

遺品の中で最大のものが仏壇だった。そして仏像はじめ位牌などの仏具が入ったこの仏壇だけは紫檀の立派な代物で、それは妻も認めぬわけにはいかないようだった。

「ねえ。この抽出し、何が入ってるの」そう言いながら仏壇のいちばん下にある抽出しを開けた妻は、何やら高価なものが入っていそうな桐の箱を取り出した。開けると、中には鼈甲の櫛や笄などの洒落た髪飾りがひと揃い入っていた。櫛は半月形の大きなもので、笄は端が扇形の、いずれも妖しいほどに艶っぽく光っている品だ。

「凄いぞ。これはみんな鼈甲と言ってな、タイマイという亀の甲羅から作るんだが、今は確かワシントン条約で輸入が禁じられているから、この鼈甲だってずいぶん高額になっている筈だ」

妻は疑わしげな顔で「へええ」とおれを見てから、それでも高額ということばに反応して眼だけはぎらりと光らせた。「じゃあ、早いとこ売っちまいましょう」

何度か古道具を売ったことがある古物商を電話で呼び出し、がらくたの整理と買取りを依頼した。如何に妻が邪魔にしようと、さすがに仏壇だけは売れなかった。古物商は他のものには目もくれず、ひたすら鼈甲の髪飾りだけに執着した。「本鼈甲ですな。おばあさまがお使いだったものでしょう。メルカリならひと揃いで三万円、といったところですかね」

ちょっと安いなと思ったので、他のがらくただけを数千円で売り、髪飾りセットだけは様子見にしばらく古道具店へ預けておくことにした。何故か妻が汚らしげにして嫌うので家に置いておけなかったのだ。

次の日、古物商が申し訳なさそうに電話をしてきた。「とんだ眼鏡違いでした。調べましたところ、あれは明治時代以前のものでした。百年以上経った鼈甲細工には骨董的価値がありますので、あれは三十万円以上になります。その辺のお値段なら私どもで引き取らせていただきますが」

その話を妻にすると、彼女はまた眼をぎらぎらとさせた。「まだよ。まだ売っちゃ駄目よ。もっといい値段で買うという人がきっと現れるわ」

その後しばらくして古物商の男は、あの鼈甲細工をたまたま装身具専門の鑑定士に見せたところ、なんと花魁櫛などの鼈甲細工師として有名な鹿川古堂の作と判明、三百万円はする優れものらしいと電話してきた。

「えっ。それじゃあなたの先祖って、花魁だったの。いやねえ。花魁って遊女でしょ。一種の売春婦じゃないの」汚らしげにそう言った妻は、だからと言って早く売ってしまおうと急かすわけでもなく、逆にますます欲が出てきたようだった。「なんだかひと桁ずつ値上りするじゃないの。まだよ。まだ売っちゃ駄目よ。そうだわ。『なんでも鑑定団』に出して品定めして貰いましょう」

「お前はいちいち言うことがおかしいぞ」おれはうんざりした。「まず、花魁ってのは最高の地位にある遊女で、そこいらの売春婦などではない。それに『なんでも鑑定団』に出たりしたら、おれたちの先祖がお前の嫌いな遊女だってことがわかってしまうぜ」

世間体と欲の板挟みにあった妻は、しばらく狐が憑いたような眼をあたりにきょろきょろさせていたが、やがて決然としておれに言った。「遊女だったのはあなたの先祖よ。侍だったわたしの先祖じゃないわ。だから『なんでも鑑定団』にはあなたが出るのよ」

そしておれはテレビに出演した。特に江戸時代の小物が専門という笘実という先生が前以て鑑定してきてくれたらしく、おれの出品物を絶賛した。「鹿川古堂の作品に間違いございませんね。しかもこの髪飾りをつけていたのは調査によって江戸時代の花魁、時代小説にも登場するあの有名な筑紫太夫であったことがわかっています。浮世絵にも、歴史上の人物とも言うべきこの太夫が、この櫛笄を挿している姿が描かれているんです」鑑定結果、価格は三千万円であった。しかも好事家ならもっと高額で買うかも知れないという話である。

「まだ売っちゃ駄目よ」眼を吊りあげた妻が言った。「その、好事家という人たちがもっと値を吊りあげてくれるわ」

おれは妻の欲深さに呆れた。「お前なあ、そんな高値で売って、世間の評判にならないわけ、ないだろうが。お前の嫌いな遊女が先祖にいるってこと、知られていいのか」

二律背反。妻は恨めしげにおれを見て沈黙した。

おれの勤めている都心の会社に、古物商の男はそれから毎日のように電話してきた。テレビを見たマスコミの連中が来るようになった上、いろんな人からあの花魁櫛のセットを売ってくれと次第に高値を提示され、中には億という金額をちらつかせてくる人もいるということだったが、家に帰ってからそれを妻に話しても、彼女は「駄目」「駄目」と、ただかぶりを振るばかりだった。

その日、ただごとならぬ様子で古物商が会社に電話してきた。「奥様がさっき来店されて、否応無しにあの花魁櫛のセットを持って帰られました。様子がおかしかったのでお電話したのですが」

悪い予感に襲われ、おれはあわてて家に戻った。玄関のドアを開けると、髪にあの髪飾りすべてをつけ、娘時代の振り袖姿で厚化粧をした妻がそこに立っていて、虹色の眼でおれに笑いかけた。「わたし、筑紫太夫よ」

ジャックポット

一　第一波

故郷のアルベロベッロに帰ってきた体液将校のジュゼッペはザーメンまみれの売春婦を椅子ごと海に投げこんで咆哮した。それは意味のない叫びを意味ありげに、うわ眼遣いに歌い続けることであろうか。振り振り玉をキックしてそれを自らの痛みに変えるのだ。竹の輪切りか麒麟の首か、酢豚を裂いて股を食え。

さあてさてさて
さてさてさてのサテライト
ここは寝惚けの夢街道

寝小便して叱られて
夜の女神に笑われる
さあてさてさて
さてさてさてのサテライト
今はうつつの蕩尽峡
枕を抱いて月を見て
夜の女神に射精する
さあてさてさて
さてさてさてのサテライト

昔コロナという煙草があって、箱には金環食がデザインされていた。昭和二十一年から二十二年。わずか一年ちょっとで発売廃止に到ったが、わしゃあれを喫うていたのでコロナウイルスには免疫だ。鼻緒の切れる下駄ウェイ、犬あっち行け、ファーウェイはおれたち皆ウェイウェイね。チャンウェイチャンウェイツーツーカイ、あの村この街花盛り。冬の風邪を夏に残して哀れオリンピックの残り香よ。武漢シェークでこんにちは。武漢から来ましてん。蝦ですねん。エビデンスかい。これが新型肺炎の根拠となります。えっ、クラスター爆弾。別名集束爆弾。ちっとも終息せんがな。クラスターを構成する中国の蝦養殖業クラスタシアニンで赤くなり、酩酊した蛸のタコメーター。頭の回転で体温を測定しましょう。でないと大相撲には参加できません。炎鵬が御嶽海に負けてもエディオンアリーナ大阪に拍手なし声なし。動機は何ですか。動機は餅です。それこそがモチベーション、なんちゃってね。咳して咳してくしゃみして。こらあ手前マスクなしで満員電車の中で咳やらくしゃみやら。ギズモ・ギズモ・ギズモトロンは新製品。新しく開発されたアタッチメントです。感染《うつ》してやるぞ感染《うつ》してやるぞ。もう限界です。汚染水が貯蔵パンクした貯蔵タンクから溢れ出して白魚の海へ。鱈のレバーでタラレバ炒め。外国人だからこそできることとは何でしょうか。YOUは何しに日本へ。風評被害は散って行く散って行くああ風の音風の声。日本の魚の不買運動またやってやるの隅田。他の国はどうでもよい日本だけは許さんの五墨田。ジュゼッペは国内の移動も禁じられて、ローマは永遠の休日。アカデミックなパンデミックですね。だって世界的にポレミックだもん。

習近平とのなあなあによって最初に味噌をつけたテドロス事務局長の不景気な顔がいかん。ヒヤー啓膣だ啓膣だ。観音開きだ御開帳だ。もうインバウンドはやめて。やめて。ドライヴスルーで感染確認。いや。いや。ああお姫様。グランド・プリンセスもダイヤモンド・プリンセスも淫内感染だわよ。いいえ詮無い感染。桜の季節です。暖かくなってきましたが、だからと言って感染が収まる気配はありません。ジュゼッペはアルベロベッロからフェラ鴨の靴を履きボッテガ・ヴェネタのシャツを着てベル鴨へ移動。いかんいかん。お前はロックダウンされているのだぞ。オーバーシュートしてはならん。駄目です駄目です。今のところ医学的薬学的に正しい治療薬はありません。亜美顔、彼虎、レムデシビル、オルベスコ又は市区レ粗二度、燐酸クロロ金。何だ何だ何だどれだどれだどれだ。それはまあ、治癒した例はあるのですが。グッチ・グッチ・アイスクリーム。加藤厚生労働大臣の口許に笑いが残ればなんとなく賤しいのだ。中止の判断はないという判断。延期かも。延期かも。延期の判断はアリエール。ブラームスじゃなかったハイドンじゃなかったモーツアルトじゃなかったあっバッハ会長。IOCはWHOに命を預けたふり。WHOはそもそもが中国の感染症発症に知らんふり。フリフリ棒振りグランプリ。都市の封鎖をされては原宿の家に行けないのだが原宿の竹下通りたるやギャルで満杯で渋谷たるやどの店も満員でこりゃまあ唾液吐き散らしの密着接触のコロナコロナコロナコロナのすり切れず。などと言うておるうちにトリチウムは満杯となっていつ噴き溢れてもおかしうない状態に。えっ。来年ですか。あのう、もし、来年はないかも。ないかも。そうです。来年そのものがないのです。まるで死者のように、来年がどこかへ行ってしまうのです。ことことことこと。焚き物のような物音と共にその機関車は尻をこちらに向けて振りながら、ああ忙しい忙しいとばかりにどことも知れぬどこにもない場所へ去って行くのです。フリフリ棒振り滅茶振り身振り、フリフリお喋り道場破り。悲しいことですが認めなければしかたありませんな。はてさて三つの密とは何。密林、密航、密談、密輪、密教、密告、密造のうちのどれとどれとどれ。なに。どれでもない。こりゃまた失礼を。

やっぱりなあ。テドロス事務局長への辞任要求が、出ると思うておったわい。WHO?と聞かれりゃトミー・ドーシイだろうが。まつわりついてくる眠気。十六人、十七人、四十一人、四十七人、四十人、六十三人。福島では汚染土が行き場を失い中間貯蔵施設がもうすぐパンク状態。アメリカでは失業者数が十倍の千四百万人となり治安が悪化。失業保険申請者が三百三十万人。イギリスでは首相が感染。お次は大統領も書記長も感染か、日本政府はお肉券、お魚券、野菜券、お米券、牛乳券、トイレットペーパー券、お水券、マスク券、パンティ券、不要不急外出券、お花見券、ペット散歩券、公園券、泥酔券、基本的人券、老害券、徘徊券。しかし災厄は重なってやってくる。イナゴじゃあイナゴじゃあ。蝗、大地に身重く横たわる。パール・バックじゃあ、ディックじゃあ。二百兆匹のイナゴとな。中国方面から来る災厄はコロナと黄砂に加えてイナゴとなるのか。あれはそもそもイナゴではない。あれはバッタだバッタだ。イナゴは中国からではない。コロナも武漢からではない。コロナはアメリカから来た。アメリカから米軍兵士と共にやってきたのだ。ほうら。余計なこと言うから損害賠償を山ほどせにゃならんのよ。弾道ミサイルが発射されてEEZ外に落下。二回めより三回め、三回めより四回めと徐徐に排他的経済水域へ近づいてきておるのですが、どうしますか。ライチライチ、ライチのすり切れず。ライチで子供が死んだのは、果実の毒素か農薬か。ひやー今度は保健副大臣もかい。

外出、外食は控えろというお達しに仕方がないからデリバリー、テイクアウト。アストラッド・ジルベルト。それでも故・筒井伸輔展の初日にはどうあっても行かねばの娘。アベノミクス、アベノモスク、アベノムスコ、アベノマスク、なんと総理が各家庭にマスク二枚を配るとな。エイプリル・フールではなかった。おおおおお。東京の感染者がもうすぐ百を越す。それでも緊急事態宣言は出さないという宣言。そういうことを言うからいかんのだと医者が怒る。ＰＣＲ検査をしてくれないのよね。指定医療機関がないのよね。みんな大都会を避けて避暑地へ、保養地へと移動。ああ。軽井沢のスーパーマーケットは買い占め、売り切れ、地元民の怒りはいかばかりか。幼い頃に軽井沢のおじいちゃんから教わったドイツ語、フンダラアンデル。饅頭のことだそうだ。もひとつおまけにキバルトチガデル。切れ痔のことである。マスコミは連日コロナ報道。トーク番組では今死ぬといわんばかりの饒舌、殺される寸前のようなおしゃべり、大声を出し続け息継ぎもしないトーク。目を見開き脳天から声を出している人もいる。唾は飛び放題で、少し間を空けて座っても唾液は最大で五メートル飛散するから無駄である。咳やくしゃみなら十メートルだ。人が喋っている時には喋り出さない、人が喋り出したら黙るという基礎的マナーを誰も守らぬ番組。みんな不安なのである。大きな物音がすれば失禁するのだろう。

セオドア・ルーズベルトもロナルド・レーガンも感染した。アリクイ司令官はアジア太平洋地域に展開する二隻が身動きのとれぬ状態では中国や北朝鮮への抑止力が維持できないと泣き喚き、北はこれに乗じてさらなる弾道ミサイルの発射準備。この時すでに東京都の感染者数は百人を突破して百十八人。世界中の感染者数は百五万人。死者は五万人。遅い遅い遅いと言われていながら日本も緊急事態宣言。何を自粛要請するか国と都の食い違いはどうするのか人命か経済か近隣県は愛知県は高知県は。こっちへ来るなコロナ来るなコロナ来るなコロコロコロコミックコロコロコロコロナ。ステイホーム、ステイホーム、ホームホームスゥイートホーム。開けてもよろしいホームセンター。人間とは人と人の間。その間とは二メートル。しかも接触は八割抑制。おーい船方さん。わしの呼ぶ声聞こえぬか。外出自粛の次は休業要請。ここでは誰も寝てはならぬ。ネットカフェがなくなればどうせ寝るところはない。せっかく休んだ百貨店。今度は開店しろとさ。そんな急には開けられぬ。理容美容もやってよろしい。ただ居酒屋は時間制限。午後七時までに飲みなさい。えっ。夕方来たばかりで、そんなに早く飲めないよ。がぶがぶ飲んで飲み過ぎだ。えっ。なんでゴルフ練習場はOKなの。世界の死亡者九万人。

やめてください。ふたりで頬寄せあって歌うは東京ナイトクラブ、その他パチンコ店、バー、雀荘、カラオケ、ボウリング場、馬券売場、性風俗店、これだけ並ぶとまあ何となくこいつらはまずいわなあ。都と政府の調整はあの懐疑室でずいぶん難航したもんです。都の感染者は百七十八、百八十七、百九十七とどんどん増え、えっ、現金給付はするのですかしないのですか。わが県は東京ではないので。東京とは違うので。我が県の財政は。今まで赤字で。やっと黒字に。東京とは違うので。それでも飲みたい者は県境を越えて八時越えても営業中の居酒屋へ。飲ませろー飲ませろー。ほーらやっぱり自粛要請されちまったよー。来るからいかんのだし来なくても困るし。ああ。去年の今頃はよかったなあ。天国だったなあ。去年マリエンバートでと言えば去年マリエンバートで見た去年マリエンバートでという映画。

ロシアとインドなどの穀倉地帯を持つ国が小麦などの輸出制限。わあ。そんなことしたらますます人が死ぬ。免疫力低下してますます人が死ぬ。やめてけれ。やめてけれ。世界の死亡者は十万人を越えた。おおアメージング・グレースを歌えテノールで。今日はイースター。ハート島に埋葬される棺。ニューヨークの死者は一日七百人。それを埋葬する人びと。運転手郵便配達警察官駅員そして何よりも医師看護師、エッセンシャル・ワーカーに感謝、感謝、感謝。世界の感染者数は二百万を越えた。死者は十四万人だ。わが国に感染者は一人もいないのことよと北朝鮮は巡航ミサイルを撃ちまくる。無症状の患者もどんどん増加してあな恐ろしや、ひやーヴァンパイアではないか。小松左京は自分の死後こんな世界になるとは思ってもいなかった筈だ。復活の日は来るのか。

家賃が払えぬ家賃が払えぬ、うわー家賃が払えぬわい。八時で店を閉めたら稼ぎは二割一割うわー家賃が払えぬ。ウーバーイーツに加わってデリバリーやろうか。もうひとつの「ペスト」でダニエル・デフォーも書いておるが、こういう時には金持ちが生き延びるそうだ。都会を脱出するあるいは食料品を買い込んで家にいる。高級冷凍食品をテイクアウトで持ち帰るもよし。貧乏人は外出しなけりゃ仕事ができない収入もない在宅勤務もできない。われわれ小説家は以前から在宅勤務の世界に住んでいたのがさいわいしたのだがぉやおや日本独自の印鑑社会。ハンコを捺すためだけに出社しなけりゃならんとなれば、これは早く印鑑不要の世界にしないとな。サインなら家ででもパソコンでできますよ。WHOには資金を拠出せぬとトランプ大統領。いずれやると思っていたが、テドロスが泣いて遺憾の意を表明。ほらな。首をすくめて恐縮しておればよいものを、反論するからいかんのだ。

カッパッパ、ルンパッパ、カッパパピコタカッパッパ、カッパッパッパ空の雲、みんなのお顔もカッパッパ。どんぴりぴ、飲んじゃった。きゃー雲海だ雲海だ、蕎麦焼酎だ雲海だ。みんないい気持。経済再開に向けてあーっ早い早い早いまだ早いまだ早い今やったら元も子もありませんよトランプさん。日本全国緊急事態宣言。三十万円をやめて一人に十万円ですか。十二兆円余になりますね。えーっ自己申告、麻生さんそれは酷いそれは酷い酷い酷い金持には受け取らせないようにするんですね。お前らのうち、尻尾を振る犬にだけくれてやるというわけですね。それじゃ申告できないじゃないですか。欲しいなあ欲しいなあでも世間体があるしなあ。とほほほほほほ。走るレストランのラストランは突然の前倒しででした。

何食えば金がなくなる放流時。シラスウナギの密漁で、わしらの食うておる天然記念物が絶滅。その罰でわしらも絶滅。悪い奴がおるがわしらもずいぶん悪いな。東京都の感染者数はついに二百人を越した。

困っちゃうな　ホテルに誘われて

どうしよう　まだまだ軽症かしら

陽性のような　陰性のような

どきどきしちゃう　わたしのコロナ

マッサージ、テーブルチャージ、トリアージ。わしが感染したら後期高齢者で肺気腫。いちばん先にトリアージ。ひやーこの病院現在感染者新たに十一人、合計二十三人。この連中、感染症の病棟ではなく一般病棟の医師や看護師であった。おお墨東綺譚。

フレドリック・ブラウンの「電獣ヴァヴェリ」は星新一が翻訳して「SFマガジン」に掲載した。地球にやってきた電気を食べる電波生物ヴァヴェリのためにすべての電気製品が使えなくなった世界。電気がなくなればヴァヴェリはいなくなるのだが、油断して電気を使うと彼らはすぐにやってきてその僅かな電気を食べてしまう。かくて社会は原始時代に戻る。輸送手段は蒸気機関車と馬車にとって代り、テレビも映画もない世界で演劇とコンサートが主流となり、燃料としてはガスが使われ、活字は手で組まれて植字機と印刷機は蒸気機関を使うことになる。そして主人公が雨の夜に稲妻を恋しがっている場面で小説は終る。こいつはまるで新型コロナではないか。感染者が一人になっても彼らはそこにいるのだ。われわれもまた、パーティや大宴会を恋しがりながら残りの生を終えるのであろうか。このコロナ騒動が終ったあとの世界はいったいどんな世界なのか。以前の世界に戻るのだろうか。あるいはそれは今までわれわれが想像もしなかったような未知の世界なのだろうか。

世界では二百三十九万人が感染。十六万人が死亡。韓国では新たな感染者がひと桁台になって、飲食店街などでは通常の営業となって数人が鍋を囲んでいたりする。やれ羨ましとは思うものの、大丈夫かいな。第一次の波は去ったかもしれぬが第二次、第三次と、この断続の波はワクチン開発まで二年ほど続くことは目に見えている。ほうらやっぱりな。肥り過ぎだと思っていたんだよ。金正恩が心臓手術を受け合併症を発症して重篤な状態にあるという。コロナとの関係は確認されていないらしい。またまたまたまた人騒がせなニュース。感染者数が実際はその五十五倍とやら。一瞬驚かせるが実はカリフォルニア州で一部の住民を対象に抗体の有無を検査した結果から導き出した数字らしい。やめてくれ。やめてくれ。しかしこれは集団免疫を達成することを予測し、経済再開の決め手にもなるという。今かいなあ、そこかいなあ、どれかいなあ。多くの人びと、もう何が何だかわからなくなって、どうにでもなれという気分になって、結果、感染はますます進む。それは鈍感さの感染と無関心の感染と自暴自棄の感染と楽天による底なしの楽天性の裏返しの悲観の裏返しの楽天性の感染。それにしても哀れなのは感染した八人の乳幼児。コスタクルーズの「コスタ・アトランチカ」に一人だけの日本人通訳。福岡久留米のナイトクラブで感染した外国人女性ダンサーなど十五人。わしは後期なる高貴高齢者。そしてヘビースモーカー。フランスや中国で喫煙者が感染しにくいという報告が。わしはステイシー即ち捨て石じゃ。おやおや名前がコロナちゃん。そりゃまあ虐められるわいのう。可愛い名前なのにのう。トム・ハンクス君が励ましてやっている。いやはやこのような災厄が起ってしまった以上は、もう今までのような物語は書けもするまい読まれもするまい。どのような物語ってつまりお前さん、あんたが今までこれが小説だと信じて読んできた小説のように、つまりは今まであった小説のような物語じゃよ。あるいはまたそのような、今まであったような小説が読まれる日も必ずきっと来るとでも言うのだろうか。

トランプさんの末期的発言。「消毒液を注射すればどうか」わはははははははは。消毒液のメーカーや医師は大慌て。「そんなことをしたら死にます。いいえ人間がです」そうかそうか。コロナウイルスは紫外線で死ぬのか。よしそんならみんな外へ出よう。太陽に当たろうぜ。なんじゃそれもまだ検証されとらんのか。テストもまだか。えーとですね、五月六日までは我慢しろと仰有るんですけどね、では六日を過ぎれば皆がどっと家から出てくるのではないのですか。それまでの三密が台無しになるよ。あちこちで規制緩和、経済活動再開の兆し。スペインでもイタリアでも。第二波は大丈夫か、大丈夫かと心配性はおろおろするだけ。アメリカではトランプ支持の各州住民がロックダウンを終らせろとデモ。感染者は全世界で三百万人を越え死者は二十万人を越えた。

ああイタリアよ。懐かしのナポリよ。作家のおれは悲しみに沈む。新型コロナは世界を照らし、老いて静かに文と戯る。感染早く、百万を越える。なんたることや、サンタルチア。

日本では店名を公表されても開店し続けるパチンコ屋。公表されたが故に店を知って並ぶ数百人。開けてるから来たんだよ開けてなきゃ来ないよ。いいや開け続けます。従業員がいるし補償がないんだから。だから公表は無駄だって言っただろう。逆効果だってな。まあ大丈夫だろう。おれが感染する確率は十万分の一だ。わたしに感染するのは百万分の一よ。すでにコロナが終息したあとのことをやっておるではないか。ＧｏＴｏキャンペーンか。あはははははは。夫婦はソシアル・ディスタンスを守って二メートルの距離でもって性交をせねばならんよ。そのための本も売れる。そうそう。ずっと昔、不況の時は本が売れると言われておったが、その後たとえ不況でも構造不況と言われて本は売れなくなった。しかし今、また本は売れはじめておるのだぞ。ステイホーム。ステイホーム。それは自宅への流刑であったぞな。では本を読むしかあるまいが。カミュが書いたもうひとつの「ペスト」新潮文庫で宮崎嶺雄の訳。なんと売れに売れてベストセラーじゃ。ついでに筒井康隆の短篇集「革命のふたつの夜」に収録されておる「コレラ」も読んでくれんかのう。もうこれからは今まで同様の考え方では社会生活や労働といったものを捉えることはできないのだということがわかるというものだが、実はもう遅いのである。

わはははははははは。お前ら死ね。

あらえっさっさー。

テイクアウト、デリバリーに、ドライヴスルーが加わった。今後店内での飲食ができない時期が長く続けば店側にその態勢が定着して、客にとってもその三択による選択が永遠になるのかもしれんな。うん。レストランのテーブル席は気詰まりだしな。フルコースよりも安いし、何よりも家で食えるというのがいいじゃねえか。

二　ウィズ・コロナ

いつもの棒グラフだ。どの辺だかわからない。とにかくあれから何カ月か経った。何カ月かわからない。金正恩が死んでいた。チャイニーズのチャイルディッシュなチャルダッシュ。Oh、Oh、Oh! アントニオ猪木よりもジャイアント馬場よりも長い顔。お前は何者。馬肉馬場肉人馬肉、ケンタウロステーキ。ヒャー検察官の定年延長は火事場泥棒だ。ロシアでは二百万という感染拡大でプーチンが失脚。ほらな。強制休業を解除したりするからだ。しかし彼に代る者はいない。ヨーロッパでは規制緩和のやり過ぎで感染者一千万人。中国では万里の長城へ数十万人が、その他の観光地へ数百万人が押しかけてパンデミック第二波が。般若に縁談ユートピア。ケニア、スーダン、エチオピア。なのにアフリカにまたしてもバッタ大発生、五百万人分の食糧を食らい尽す。おお、冬になって感染が拡大し続けているというのになさけなやこなさんは生まれも付かぬ仮面ライダー。迫るショッカー地獄のコロナ。黄砂黄砂黄砂のチューリン癌。あの時医療現場が崩壊したのは折悪しく黄砂と熱中症シーズンが到来したからでもあった。よく言うておったなあ。出口戦略出口戦略出口出口と。だが出口などどこにもなかったわい。倒産が相次いだ。マスク不要外出不要の女性たちが化粧しなくなって化粧品メーカーが倒産。そういえば昔、出身を問われた金髪の白人女性が「イワテケン」と答えるギャグCMがあった。その最後の砦たる岩手県には避難民が殺到、百二十万強だった人口が一千二百万に膨れあがって暴力沙汰が増加。感染者を見つける技術はググってググってアップルプップアップップ。

コロナウイルスへの恐怖と不安から、自分はすでに感染していて、という感染妄想の患者が出はじめる。だからこそ他人と密接にしてはならないのだという自らへの禁忌によって逆に密着願望が起り、つまりは色欲が異常に昂進して所かまわず異性に抱きつきエロチックな動作をするなどの行為もあちこちで目立つようになる。

「新発売のナッツでコロナッツというんだが、食うかい」

「そんなもん、誰が食うか」

故事ことわざのさまざまなパロディが生まれ、やがてそれが本来のものと間違われるようになった。人を見たらコロナと思え。三人寄ればコロナに感染。青菜にコロナ。火事とコロナは江戸の花。地獄でコロナ。泣きっ面にコロナ。馬鹿とコロナは避けて通れ。コロナ千里を走る。コロナは天下の廻りもの。獅子身中のコロナ。コロナは小説よりも奇なり。泣く子とコロナには勝てぬ。蒔かぬコロナは感染《うつ》らず。コロナの深情け。コロナに目鼻。地震雷火事コロナ。七コロナ八起き。笑う門にはコロナ来る。当るもコロナ当らぬもコロナ。気違いにコロナ。親しき仲にもコロナあり。二階からコロナ。コロナ取りがコロナになる。身から出たコロナ。パンデミックの前の静けさ。国破れてコロナあり。一難去ってまたコロナ。憎まれコロナ世にはばかる。胸に一物手にコロナ。家貧しくしてコロナあらわる。君子コロナに近寄らず。四面コロナ。西の海へコロナ。コロナが通れば道理引っ込む。辛うござんす他国の宿でひとりコロナにかかった夜は。衣食足りてコロナを知る。コロナ豹変す。コロナに説法。コロナ猛だけしい。馬の耳にコロナ。コロナにも三分の理。盲コロナに怖じず。コロナの最後っ屁。コロナは長く人生は短し。コロナは寸にして人を呑む。寝耳にコロナ。目の上のコロナ。一富士二鷹三コロナ。コロナの逆恨み。コロナに交わればコロナになる。残り物にはコロナがある。コロナは口程にものを言い。鬼の目にもコロナ。論よりコロナ。旅は道連れ世はコロナ。コロナ落ちて天下の秋を知る。外面如菩薩内心如コロナ。正直者がコロナになる。コロナの頭に神宿る。のど元過ぎればコロナを忘れる。コロナも歩けば棒に当たる。もの言えば唇寒し秋のコロナ。一寸先はコロナ。

コロナに上下の隔てなし。冗談から出たコロナ。藪からコロナ。一寸の虫にも五分のコロナ。光陰コロナの如し。掌中のコロナ。病コロナに入る。一犬虚に吠えて万犬コロナとなる。口角コロナを飛ばす。言わぬがコロナ。コロナは気から。少年よコロナを抱け。コロナを以てコロナを制す。因果はめぐるウイルスの。郷に入ってはクラスターに従え。闇夜のコロナ。女子とコロナは養い難し。コロナの谷渡り。呉越同コロナ。大男総身にコロナ廻りかね。知らぬがコロナ。寄らばコロナの陰。雨後のコロナ。コロナ忘じ難し。弱り目にコロナ。人事を尽してコロナを待つ。嘘から出たコロナ。嘘つきはコロナの始まり。故郷へコロナを飾る。進退コロナに窮まる。楽はコロナの種苦もコロナの種。コロナは世につれ世はコロナにつれ。コロナも三日すればやめられぬ。コロナも辞せず。両手にコロナ。コロナはかすがい。コロナは三界の首っ枷。あとは野となれコロナとなれ。コロナ色を好む。両刃のコロナ。転ばぬ先のコロナ。コロナ百まで踊り忘れず。類はコロナを呼ぶ。縁の下のコロナ。すべての道はコロナに通ず。瑠璃もコロナも照らせば光る。

米中の対立激化の果てはウィズ・コロナの時代となっても続き、台湾をめぐっても争われる。そしてついには中国の海洋進出と領海への侵犯が、結果としてアジアからのアメリカの排除となって尖閣諸島も奪われてしまった。日本が頼りとするアメリカはとうの昔に黒人圧殺事件に端を発した大規模なデモと暴動で感染症が爆発的に増加し、ついには大統領が軍隊を出動させた為に何百万人の死者が出て破綻状態。ローマにいたジュゼッペは、ローマ人のほとんどが感染者となり生存者が残り少なくなったのでアルベロベッロに帰ってきていたが、ここも人口が百分の一になっていてああアレッサンドロ石灯籠。けんもほろろにサウナ風呂。鮪エログロ出来心。ニグロ顔色ポリ袋。月も朧に泣きぼくろ。コロナのずっと以前からエイズやエボラ出血熱の蔓延が続いていたアフリカではサヘル地域のテロが拡大し、不幸にも飢餓ベルトとも呼ばれるこの地域に生れた若者たちがイスラムの過激派組織に入ってテロリストとなり、コロナウイルスの感染拡大と共に勢力を増してついにはマリ、ニジェールを占領したがすでにこの辺の国家は飢餓、テロ、コロナの三重苦によって崩壊していた。その後南アフリカやブルンジなどアフリカ諸国で蔓延してこの地方の首脳たちが相次いでコロナで死亡。各国ではこのことを隠しはじめた。イスラエルではユダヤ教超正統派が、禁じられている数十万人の聖地巡礼を強行したため感染が拡大し、イスラエル国家の崩壊につながった。イラン、カタール、サウジアラビアなどイスラムの各国家ではラマダンによる密集で潰滅状態となり、これにイラク、シリアが続いて、どんなことになったか。イエメンイエメン、もう言えメン。ロックダウンを何度も繰り返したインドではその都度列車に乗って郷里に帰ろうとする群衆、酒屋に押し寄せる群衆、その他ソシアル・ディスタンスも何のその押し合いへし合いの果てに感染大爆発で十三億五千万の国民の約半分が死亡。これにはサンパンと呼ばれる平底木造船を転覆させたサイクロンが何度も何度も襲ってきたことが影響している。フィリピンでは早いうちからマスクをしていないと射殺されたがそれでも感染者は拡大して一年で三千万人を越えた。あーっあの頃ラジ岡さんはポスト・コロナ時代にはどうなりますかなどとわしに訊いてきおった癖に昨夜もまたまた。ふん。今になって何がウィズ・コロナ時代か。

日本とて無事ではない。こうした世界情勢を半ば面白がっていたお笑い芸人なども交えてのトーク番組は、コメンテーターの多くが四角い檻の中に入ったようなリモート出演であったのだが、次つぎと消えて行き、その都度新手を出すもののこれらも消え、それもその筈日本社会はすでに崩壊していたのだ。他国のワクチンは譲ってもらえそうにないから日本独自で開発したものの、これも他国と同様量産できず、治療薬の開発もままならぬ中で、貧困、貧窮、疲弊、窮乏、赤貧、清貧、窮迫、素寒貧、不況、不景気、恐慌、パニック、金詰まり、食いつぶし、免職、失業、飢餓、疲労困憊、閉店、店仕舞、破産、倒産、自殺、野垂れ死に、行き倒れ、自決、自害、憤死、縊死、投身、発狂、裸踊り、出刃包丁踊り、夫婦刺し違え、一家心中、経済破綻。政府はお手上げ。日銀が狂ったように何千兆もの紙幣を発行し続けても焼け石に水じゃあはははははは。いやいや一時のこととは言えいいことだってありましたよ。家でも仕事ができると知って在宅する者が多くなりラッシュアワーは消滅、満員電車もなくなった。ついでに電車そのものもなくなった。だがそれとて多くの大企業の倒産によって仕事そのものがなくなってすべては無意味。通天閣ではアマビエがビリケンと抱きあって死んでいた。ああ香奈氏やな香奈氏やな。

ヨーロッパ在住の日系人作家アレッサンドロ・イシドーロは、このコロナ騒ぎの中、各国の惨状をあちこち見て回っていた。彼の愛したヨーロッパ文明の崩壊。悲しくてならない。アレッサンドロ・イシドーロの胸ははり裂けそうである。国境は封鎖されている筈だったが検問所はどこもほとんど無人だから自由に行き来できる。空だけは晴れていてコロナ日和だ。しかし町中で出会ったのは人間ではなくて、なんと草を求める羊の群れ。白い羊黒い羊に囲まれてアレッサンドロ・イシドーロは大声で泣いた。アルベロベッロにまで来たアレッサンドロ・イシドーロはトゥルッリの立ち並ぶ町中であれっ、ほほうほほう、久しぶりに人間だ、などと思いながらジュゼッペ・ガリバルディとすれ違うのだが、お互いのことはお互い知らず、お互いが家族すべてを失ったばかりということも知らない。夜が来ればアレッサンドロ・イシドーロとジュゼッペ・ガリバルディは別別の場所から空を見上げてまたわあわあ泣いて月も朧に泣きぼくろ。ああ香奈氏やな香奈氏やな。

今やコロナウイルスもブルース・ウィリスも負け知らずだ。崩壊以前には百万人以上感染が集中したファベーラ。大群衆のデモも何のその、ブラジル大統領ボルソナロが「ただのちょっとした風邪だ」と言っていて経済活動にばかり力を入れているうちに冬を迎えたからである。そうこうするうち富裕層までがファベーラからやってくる使用人からの感染で次つぎに死亡、大統領が「人間必ずいつかは死ぬのだ」などと嘯いておるうち死者はついに国中に拡大して埋葬が間に合わず、遺体が穴の上に山積みとなり、一億人以上が死亡した。まだ第二波がくる前のことだが、コロンビアではダンボール製のベッドが売られ、このベッドは感染者が死んだ時にはそのまま棺桶として利用できたが、すぐに売り切れ。あの第二波が来た時にはWHOをめぐり対立していたアメリカと中国はワクチンの開発でも競争していて、ついには情報を盗んだ盗まれたの応酬から、感染爆発を起したためにそれまでグアムにいた二隻の航空母艦が、出航してやけくそになって北京に向けミサイルを発射。日本海に来た一隻は平壌に向けても発射。かくて東アジアは戦闘状態に入る。これ以前に南沙諸島、西沙諸島を基地化してしまっていた中国はこのコロナウイルス騒ぎを奇貨として尖閣諸島に海警局の大型船を向かわせ日本漁船を追い回したりなんぞしていたのだがここに於いてついに上陸し、あっという間にここも基地化したのである。時期が時期なので日本は何もできなかったものの、中国とてどうせコロナウイルスが蔓延しミサイル攻撃を受け廃墟と化した世界でありそれ以上のことは何もできず、米国、日本、台湾を相手にしてインターネット越しの力ない罵倒合戦をただ繰り返すのみ。ああ香奈氏やな香奈氏やな。

のちに抗体のある者だけが生き残った世界で、この災いがそもそも何に起因したのかが伝説的に語られたのだが、それによればそもそもの始まりは、中国の武漢の魚市場において、旨くて安いコーモリを生きたまま何十匹も束ねて売っていて、中国人たちはこれを争って買い求め、むさぼり食ったためであるとされている。

わしゃSF出身作家であるから、この崩壊した地球文明の末路を想像するにつけ、ロバート・A・ハインラインの傑作短篇を憶《おも》わずにはいられないのだヨーソロ。

主人公は統計分析の専門家である。だからそれを生かして事業コンサルタントをやっているのだが、ある日グラフを見ていて、あらゆる事象が周期を持っていること、それらのデータを集積すると大きないくつかの周期の波が谷としてすべて重なり合うのがまさに現在、つまり彼の生きているその年になるということに気がつく。ひやー。大当りの年ではないか。進行しつつある事態は政治、経済、社会状況その他すべてに於いて最悪の方向へと転じ、すべての戦争は急激にエスカレートし、あらゆる天災が発生し、ついには太陽に黒点があらわれるという、これ以上ない終末の暗示によって物語は終るのである。世界が新型コロナウイルスとその恐怖に覆われた現在、ふたたび読まれ評価されはじめているハインラインのその作品名は「大当りの年」、原題は「ザ・イヤー・オブ・ザ・ジャックポット」である。

ダンシングオールナイト

鮭の兜の身をほぐし、夫婦仲良くネコイラズ。各都道府県のキャラメル桟橋を渡って気違い爺さん昼のカラオケ気違い婆さん昼のカラオケ。無感動曲の感動とは。ジャズとは戦前のおれにとってまずスウィングであり、ジャズソングであったのだ。その前はその前はその前はといくらでも遡れるのが不思議。銭湯ルイスかブルースかという川田義雄とミルクブラザースの地球の上に朝が来ていて、ダイナダイナがらみで旦那というのがあった。おお君よ旦那、恵んでちょうダイナ。そのエノケンたるや二村定一たるやもう狭いながらも私の青空だったのだ。夕暮れに我が家のともし火を仰ぎ見たのはいつの日か。

初めてバップ唱法と遭遇したのはエラ・フィッツジェラルドの「ハウ・ハイ・ザ・ムーン」で、こんな滅茶苦茶なことをしていいのかと驚倒したもんだ。我が家にあった戦前のレコードだったが、聞いたのは中学生になってから。ずっと後のことになるが、倉本聰のテレビドラマに出たとき共演のミッキー・カーチスから聞いたところでは、あのスキャットを同じステージに立っていた彼女は決していい加減に歌わず、きちんと楽譜通りに歌い、バンドにも楽譜通りの演奏を要求していたそうだ。それまで出たらめに歌っているのだとばかり思っていたのでおれは目を開かれる思いだった。そうか。出たらめのように見えても楽譜はきちんとしていなければならないのだ。この逸話はずっとのちになってからだが、おれの創作態度に影響をあたえた。そしてまたそれとは逆の信念もあたえた。原稿さえきちんと書けていて方向性さえ定まっていればどんな出たらめな小説を書いてもいいんだ。

「音楽五人男」はおれが十三歳の終戦直後に上映された。シューベルトは金がなくて、蜜柑ばかり食べて成功したんだぜ。その曲とはつまり蜜柑成功響楽。出演は藤山一郎、古川緑波、高田稔、渡辺篤、河津清三郎、久我美子、小夜福子、深水藤子。柳青める日燕が銀座に飛ぶ日。「夢淡き東京」が主題歌だったとはなあ。このメンバーなら最後のコミック・オペラの場面などもっと面白くなった筈だったが。

えー皆さんこんばんわ。「アレクサンダーズ・ラグタイム・バンド」の曲に乗せてジャズタイムです。ディキシー、ディキシー、ディキシーですよ。お聞きの曲は「アイスクリーム」ユースクリーム。きゃあきゃあ叫んで世界は日の出を待っている。でも行く先は聖ジェームス病院。ＮＨＫは河野隆次の「アット・ザ・ジャズバンド・ボール」に乗せてのリズム・アワー。そしてスウィングクラブになっちまった。あっ。皆さんこんばんわ。スウィングクラブです。その前にジャズの歴史。父親が副館長を勤めていたＳＣＡＰ　ＣＩＥライブラリーで定期的に行われていたジャズのレコード・コンサート。講師は内田英一。大阪の労働会館改め毎日会館改めまた労働会館その真ん中の毎日会館の時代に行われていたジャズ・コンサート。これも司会は内田英一。白人に射殺された黒人ジャズマン。「われ死すともジャズは死せず」さてこの曲は荒れ模様でこれ聞けばみんな欣喜雀躍、神社仏閣。アフロ・キューバンの「南京豆売り」のレコードはなんとおれが生まれる前から家にあったのだ。ドン・アスピアス楽団の演奏。「マーメー」と言っているのが面白い。ラジオのＳ盤アワー、Ｌ盤アワーはもっと先になります。

しかしジャズのアドリブのよさがわからなかったのだ。パロディほどは面白くないんだけどなあ。どこから入って行けばいい。戸口入り口勝手口、出口裏口玄関口、蛇口トバ口非常口、濃い口吸い口改札口、焚き口無駄口電話口、無口別口汲取口、さあどれにする何を選ぶ。硬直選挙法で選ぶかい。

次にクラリネット冀求《ききゅう》時代がやってくる。中学校の音楽教室を借りてバンドが練習をしていた。夜のキャバレーかダンスホールで演奏するための練習ででもあったのだろう。ソロをとっているその音を聞いてあっクラリネットだと何故すぐにわかったのか。すでにアーティ・ショウを知っていたのか。曲は「東京の屋根の下」、作曲服部良一、歌はもちろん灰田勝彦。うっとりした。いい音だなあ。欲しいなあ。だがいくら欲しくても勿論クラリネットなどとても手が出ない。ギターにさえ手が出ずウクレレで我慢するという情けなさだった当時の感情を現在はウクレレ愛好家の諸氏にお詫びしたい気分である。なぜならウクレレの良さはもはや熟知しているからである。

「スターダスト」「フレネシー」「ビギン・ザ・ビギン」など通常のダンス用スウィングの、特にこの時代のわが神とも言えたアーティ・ショウによるクラリネットのソロにもうっとりしたが、凄いと思ったのは「ナイトメア」だった。陰鬱なブルースであるがユダヤ教の影響があったらしい。さらに日本のお祭りを連想させる「フレネシー」の和風のメロディーも刺激的だった。その他「ヴィリア」などクラシックから編曲したものや映画の主題曲をユーモラスに演奏した「ドンキー・セレナーデ」も大好きだった。ヴィリアだと。あーっそうだったのか「フリン伝習録」の原点はこの時代、なんと中学一年の頃だったのだ。「ヴィリア」だけではなく、この時代には著作権問題というものがあり、ASCAPという既存の著作権協会の著作権使用料が高過ぎたため多くの楽団が曲の演奏料に苦しんでいて、ビッグバンドもまたクラシック曲の編曲で糊口を凌がざるを得なかったのである。この時代の話を聞くにつけなんだか現在JASRACに加入していることがうしろめたくもなるのだ。しかし実は、そのおかげで生まれたそうした曲がおれは大好きだったのだ。クラシック曲をひと通り知っていたおれは、これをクラシックのパロディと受け止めたのだった。原典を馬鹿にしたようなアレンジもあり、あれっ、これがパロディの本質なのかなあと思ったりもしたが、もちろんそれは誤りであった。

クラシックがらみで言えばわがもうひとりの神、トミー・ドーシーは欠かせないだろうね。いっぱいあるよ。おれが一時リムスキー＝コルサコフ氏病になった「印度の歌」はそのままのタイトルで、のちに森麻季さんのこの歌声にうっとりして「フリン伝習録」に出演してもらったのだったがメンデルスゾーンの「春の歌」は、しばしば当時のニュース映画のBGMになっていた。その他にもリストの「愛の夢」やヨハン・シュトラウスの「美しく青きドナウ」やロシア民謡の「黒い瞳」などいっぱいあり、クラシックのスウィング化はドーシー楽団のお家芸だったから、おれが聞いていないものもありそうだ。勿論「ぼくはセンチになった」「煙が目にしみる」をはじめ、わが戯曲「スイート・ホームズ探偵」で使わせていただいた「WHO？」やその緩慢さが魅力の「ブギー・ウギー」も、もうひとつのコルサコフ・ブギ「熊ん蜂の飛行」も大好きだったなあ。

勿論、一方ではつまらない曲も多かった。つまらない曲はタイトルも憶えない。いやなロボットがやってきたという程の意味でそれらはゲロゲロイドだった。ゲロゲロと言いながらゆっくりと、あるいは急速に近づいてくることが最初のフレーズでわかってしまう。ゲロゲロイドが実は傑作だったとあとになって判明したのはほんの二、三曲だったし、傑作と判明してからはそれがゲロゲロイドであったことも忘れてしまうのだった。君は昔、ロボットだったんだってね。はい。でも精巧なロボットだったんですよ。今ならアンドロイドですかね。ベニー・グッドマンやグレン・ミラーがあまり好きでなかったのは、彼らに不良性が希薄だったからではないだろうかと思うのだ。

高校の放送部には誰の演奏だったか指揮だったか「ラプソディ・イン・ブルー」のレコードがあった。昼の休み時間に校内放送で流していたので驚き、放送部部室に入り浸るようになる。のちにマントヴァーニのレコードも聞いたが、これはもう情緒纏綿たるものであり、ゲロゲロイドであった。やがてどの盤も聞き飽きてしまい、山下洋輔のピアノ・ソロで再評価するまでは、何かのBGMを除いてはご無沙汰することになる。

この辺になってくるとわがダンス時代に重なってくる。中学生時代からダンスに狂った両親のお供で近所の家などで開いていたダンスパーティやレッスン。父親はダンス教師の免状を持っていた。ここでかけるレコードの選定や調達や、ついでに自身のレコードの収集にも精を出したのだが、必ずしもダンス曲ではないものもあった。例えばスタン・ケントンの「アーティストリー・イン・ボレロ」や「帰れソレントへ」など、とても踊れそうにないものをかけて大人たちを困らせたりもした。そうこうするうちにそろそろ自分でも踊り始める。お相手は近所のお姉様がた勿論未婚。この頃おれはすでに高校生であったから、自分にとって女性美とは何かを自分なりに悟っていた。みんな美しかったなあ。宮脇さんのお嬢さんは変なやつにパートナーを申し出られて断りもならず仕方なしに踊りながらも非難の眼でおれを睨んでいた。なんで君が踊ってくれないのよ。君が踊ってくれないからわたしこんな変なのと踊らなきゃならないじゃないの。空見たことか海見たことか。場違いなお屋敷に来るからだ。

いいなあ。こんな生活ができるのなら、おれもダンス教師の免状、取ろうかなあ。かくて修業時代となる。強硬麵や全力飯で腹拵えしてレッスン場に通い、大学時代に取得した免状はブルース、クイックステップ、スローステップ、ワルツ。得意だったのはクイックステップ。ダブル・フィッシュ・テイルなんてステップ、おれ以外の誰が踏めるか。タンゴは難しくて途中抛棄した。この頃のタンゴはコンチネンタル一辺倒。「ラ・クンパルシータ」を嚆矢とするアルフレッド・ハウゼばかりだったなあ。ああハウゼ。ヴェストファーレンのハウゼ。ハロゲンボーゲンゾーリンゲン、スケベニンゲンレントゲン、勿論「奥様お手をどうぞ」とか「ジェラシー」とか感性の中の感性に突き刺さってくる曲もあったけど、ジャズほどの胸騒ぎはなかったのだった。

ワルツの免状をとったのはこの頃ダンスホールでの最後の曲、追い出し音楽とおれたちは言っていたが「アニーローリー」と「蛍の光」がスローワルツで、これを習いたいやつが多かったからだ。ジャズで有名なワルツといえば「ラモナ」くらいだろうね。いやさダンスホールでのラストのワルツは面白かったぞ。暗がりの中、みんなホールの真ん中で団子になっちまって、ほとんど集団ペッティングだったもんね。動かないんだ。頬すり寄せてはあはあ言ってるばかり。

この少し以前に流行していたのがレス・ポールだった。彼の演奏では奥さんのメリー・フォードが歌っている「世界は日の出を待っている」が一般的だが、おれはモダンな「ノラ」が好きだった。スコット・ジョプリンと同時代に活躍しただけあって作曲のフェリックス・アーントもジャズのアールヌーボーである。ギターのレスポールとの関係について中村とうようと論争になりかけたなあ。ギブソンとの関係もよくわからんのよ。ギブソンは持ってるけど、これとて作家になってから買ったんだもんね。そうともそうとも伊勢昌之にボサノバを習うためさ。

レコードを買い集めているうちになぜかコンボ編成のジャズが増えはじめたのだが、ここで話は戦時中に戻る。ASCAPとの仲違いを乗り越えてなんとかスウィング・スウィングしている間にも戦争は進行、兵役によりバンドメンバーが引き抜かれていって仕事も減ってきた。大人数でのビッグバンド編成は難しくなってきた。しかたがないから少人数編成にして、曲もダンス用から鑑賞用ジャズとなる。しかしダンス音楽としてのビッグバンドによるスウィング・ジャズしか認めたくなかったおれはいかにフィーチュアされようとコンボが嫌いだった。

ダンスは長いこと踊っていないなあ。光子さんが踊れないからだ。パーティでもダンスはしなくなった。記憶にある限り神戸のパーティで望月美佐とタンゴを踊ったのが最後。もう何十年前になることか。今はもう踊る機会があっても踊れないよ。濃厚接触だもんなあ。

ダンシングオールナイト　コロナになれば
ダンシングオールナイト　差別に染まる

大学時代は芝居に夢中だったが、同志社小劇場主催のダンスパーティをやった時はもてもてだったぞ。芝居やってる癖に何しろ男子部員ほとんどインチキダンスしか踊れない。女の子にチケット売りまくった奴が責められておれを拝み倒した。踊ってやってくれ。踊ってやってくれ。ジャズには関心がなくなっちまった。

その後の乃村工藝社時代はポップス大流行でついでに和製ポップスも大流行。恋の片道切符ニール背高、ポール安価ダイアナ、死ルビー・バルタン星人、悲しき街角出るシャノン、リトル・ダーリン大亜門ズ、ヘイヘイポールとポーラ、証誠寺の庭はアーサー・キット、セルジオ麺です魔手ケ・灘、カテリーナ・馬連て情熱の花、おやおやここでも古典返りかい。サラ・ヴォーンまでがラバーズ・コンチェルトなんて歌ってたなあ。日本のポップス歌手では何と言っても和製ブレンダ・リーの弘田三枝子。ヘレン・シャピロやコニー・フランシスのカバーで売ったが、おれにとってはニューポート・ジャズ・フェスティバルに出演してビリー・テイラーやトニー・スコットと共演した、ジャズも歌える女の子だった。「ミスティ」「マック・ザ・ナイフ」は絶品。

さておれは乃村工藝社時代を越えてヌル・スタジオ時代に突入。「コーヒールンバ」が流行り、もうポップスはほぼ卒業したこの時代、本来ならばプレスリーやビートルズの方向を向いた筈だったのだがそうはならず、おれの度肝を抜いたのがリトル・リチャードの「ルシア」であった。梅田新道にある大月楽器店の前を通りかかって歌い出しが鼓膜を劈《つんざ》いたのだったが、別の日にはこの曲が鳴り出すなり歩いていた女性が飛びあがっていた。これ以来おれの中には人を吃驚仰天させる音楽というものが大きな位置を占めることになる。初期モダン・ジャズへの傾斜にさしかかっていたのだろうか。弘田三枝子とも親交があって仲良くツーショットの写真も撮っているジョン・コルトレーンの「ダカー」を愛しはじめたのはこの頃だった筈だ。ここからジャズの歴史を逆に辿って師匠株のマイルス・デヴィスやセロニアス・モンク、そしてそして二大テナー・サックス奏者としてコルトレーンと並び称されることになるソニー・ロリンズをも知ることになったのだった。マイ・フェイバリット・シングス、アフリカ、オ・レ！　夜は千の眼を持つ至上の愛。そしてそして、おれが作家時代に突入すると同時くらいに、コルトレーンもフリー・ジャズ時代に突入したのではなかっただろうか。

コルトレーンがフリー・ジャズ時代に突入していることを知らずに、おれはサンケイホールへと向かったのだった。コルトレーンのコンサートに行くためだ。テナー・サックスのファラオ・サンダースも出演していた。ところがこのコンサートのために特別に呼び寄せたと聞いているこのファラオ・サンダースがテナーでソロをとりはじめるたびに、なぜかコルトレーンは舞台の袖に引っ込んでしまうのだ。そしてファラオのソロが終りそうなタイミングでまた出てくるのである。これが不思議で、その直後に知り合ったフリー・ジャズの王様山下洋輔に訊ねてみた。彼の答えはこうであった。「コルトレーンはファラオの才能を認めながらも、何しろフリーをやりだして一年め、ファラオの強烈なフリーのソロにはついて行けなかったのではないか」後にコルトレーンの後継者とされるファラオだが、確かにあの時のファラオのテナーは強烈だった。「パピー、パパパパパプーピーピピピピ、ポパッ、ポパッ、ポパピポパピ、プーペパポペペペペペ」てなもんで、なるほどあれはちょっとまともには聞いていられなかったのであろうと、コルトレーンへの同情を禁じ得ないのである。

で、これ以後おれはフリー・ジャズの俘虜となり山下洋輔の追いかけの一人となる。他の追いかけは詩人の奥成達、漫画家の長谷邦夫、小説家の河野典生とおれ、音楽評論家の相倉久人、革命評論家の平岡正明その他であり、これが後に山下洋輔文化圏と呼ばれることになる。おれはと言うと以後のジャズ・シーンからは完全に脱落。山下洋輔以外のミュージシャンはほとんど知らぬままに歳を重ねて行くこととなるのだ。

作家になってから、それが洋服一着分の値段であることに気づき、ついにクラリネットを購入。中村誠一に面倒を見てもらったり、坂田明から「その音は大事にした方がいい」などと煽てられたりしながらも数曲はマスターしたが、やはり駄目だなあ。三十歳を過ぎてからの楽器は無理である。シャープ記号、フラット記号が三つ以上ついていると駄目。音、特に高音が駄目。三、四本買い替えて最後はビュッフェ・クランポンまで買ったのだが、才能がなければいくらいい楽器でも駄目なのだと思い知る。

やはり踊りたいという気持は持ち続けていた。「ダンシング・オールナイト」という曲がヒットした後のことだが、もんたよしのりがヘロデ王になって出演した劇団四季の「ジーザス・クライスト＝スーパースター」を見に行った時、終演後に招待客と出演者のパーティがあり、その時に浅利慶太に紹介されてもんたよしのりと話したが、とてもいい青年だった。青年といってももう三十何歳かになっていたと思うが。

ああ。ダンシングオールナイト。死ぬまでにもう一度踊りたいものだが、無理だろうなあ。密着してはいけないのだからなあ。悲しいなあ。ホリプロのタレント名鑑には特技の項にソシアルダンスと書いたのだが、お呼びではなかった。いや、一度だけ周防正行監督の「Ｓｈａｌｌ　ｗｅ　ダンス？」で引き合わせがあったらしいが、あいにくおれの役はなかった。残念。

ダンシングオールナイト　コロナになれば

ダンシングオールナイト　差別に染まる

そして最後の最後。ついでのことにお呪《まじな》いを唱えておこう。コロナクルナコロナクルナコロナクルナ。売れのこ橋のゴミ捨てに捨てられていた人形は人形は。アマビエの力も借りず御嶽海突き出す災禍奈落へと消え。

川のほとり

晴れているのか曇天なのか、空は白濁した色をしているのでよく判断できない。明るいので彼方の川はよく見える。渡し船が出されそうな大きい川で、河原がそのままこちらに続いていて土手はない。おれはゆっくりと川の方へ歩いて行く。砂地だ。

川の手前に誰かが立っている。それが誰だかおれはすでに知っている。息子だ。昨年の二月に食道癌で死んだ、五十一歳の息子に違いないのである。彼は浴衣のような白っぽい着物を着ていて、近づくにつれ、それがおれより背の高い息子によく似合っていることがわかる。

死んだ息子がいるということは、ここがあの世であることを示している。それは確かである。とすると彼方に見える川は、いわゆる三途の川であろう。つまりおれは死んでいることになる。しかし死後の世界などというものをおれは否定している。実際そんな非合理な世界などある筈がないのだ。あるというロマンは理解できるが、現実には存在する筈がない。するとこれはおれの見ている夢なのであろう。三途の川はおれが否定する死後の世界の象徴なのであろう。

数メートルの場所まで近づいた時、息子はおれに頷きかけた。「父さん」

「おう」おれも頷き返し、そんなことに答えられる筈がないことを知りながら、息子に訊ねてみた。「ここは冥途か。それともわしの見ている夢なのかね」

息子は困った表情で苦笑した。息子がよくする表情だ。以前からそうだったのだが五十一歳にしては若く見える。子供時代から知っているためにその記憶によって若く見える、というものでもない。息子さんは若い、と、生前から周囲の誰かれから聞かされていたからでもある。「夢なんだろうねえ。だってここがあの世なら、父さんだって死んでいるってことになるから」と、息子は言う。

「そうだな」おれは頷く。「わしが死んでいるのなら、どこだかわからんがこんな場所にいるという意識だってない筈だからな。お前さんだって死んでいるんだから、こんな場所でわしを待っている筈がない」

息子はいつもの、ちょっと悪戯っぽい笑顔で言う。「ああ。夢でなきゃ僕だってこんなところにはいないよ」

「なあ伸輔」とおれは息子に言う。「だとすると、今のお前の姿も表情も、そして言うことも、すべてわしの意識の産物ってことになるなあ。お前はしばしば面白いことを言ってわしを笑わせてくれたり、わしの知らないことを教えてくれたりしたが、ここではそういうことはないんだなあ。だとすると、つまらんなあ」

息子はちょっと真顔になった。何か考えている時の癖だ。「そうでもないんじゃないかな。夢の中のこの僕に何か面白いことを言わせようとするなら、父さんは懸命に、どんなことを僕が言えば面白いかを考えるんじゃないの。そうすると、父さんが何か面白いギャグを考えついた時と同じように、それは突然父さんの無意識の底の方からやってくるわけでしょう。突然やってくるのでなければ、面白くもなんともないもんね」

なるほどなあ、と、おれは思う。今息子が言ったことも、そもそもはおれの考えたことなのだ。考えてみれば夢だってそもそも、予想外のものを見せてくれたり、考えてもいないような意外な展開をするではないか。

「母さんは元気」と、伸輔が訊ねる。

「元気だよ」そう答えてから、そんなことはわかる筈なのに、と思う。何しろおれが返事しているんだからな。しかし夢の中の息子にしてみれば、あくまでそんなことを知らない息子であろうとしているのだろう。「お前が死んでしばらくしてからだが、母さんがわしに『伸輔、どこにいるのかしらね』と言ったことがあった。あれはずいぶんこたえた。怒ったふりで『何を言っている。どこにもおらん』と言ったら、しばらくめそめそしていたが、『夢の中だ』とでも言ってやればよかったかな。とにかく、泣いたのはその時ぐらいだ。『お前さん、あまり泣かないな』と言ってやると、『してやるべきことは全部してやったから』と言ったなあ。だから納得してるんだと。嘆き悲しんでいるわしに『あまり嘆き悲しまないで』と言ったこともある。あれは強い女だな」

「うん。母さんは強いよ」伸輔は頷いて言った。「だから安心だ」

しばらく黙っていると、川の流れの音が急によく聞こえるようになった。風はないが、ひんやりとして涼しい。

「死んだあと、こんなに長いことわしと話してくれたのは初めてだな」と、おれは言う。

「今までは端役みたいにちょっとだけ出てきたり、すぐほかの誰かと入れ替わったりだった。あれはやはり、お前があまり長いこと出ているとわしの感情が昂って夢から醒めてしまうからだろうなあ。夢には睡眠を持続させようとする機能があるからね」

「そうだろうね。だから今はもう、あまり気にしなくなっているんだよ。父さんは僕が死んだことに馴れたんだ」怒りもせずに息子はそう言った。

あいかわらず優しい男だなあ。夢の中の息子であることを忘れ、惚れぼれとその顔を見る。

「でも母さんの言う通りだ。母さんにはずいぶん世話になったよ。面倒もかけたしね。父さんにも」

そう言ってくれる優しさに思わず涙が出そうになるが、なんのことはない、おれが自分を納得させるために言わせているだけじゃないか。「知ってるだろうが、ミヅマアートギャラリーが個展を開いてくれたよ。それからお前の画集も出る」

「知ってるよ。だってあれはみな僕が死ぬ前から決まっていたことだから」

「そうだったな。お前さんは皆から好かれていて、だから通夜や葬式にもいっぱい来てくれた。こんなご時世だからちょっと心配したけど、報せていない人まで口伝えに聞いて来てくれた」

訊きたいことはいっぱいある。しかしおれにとって聞きたくないことは絶対に言わないであろうこともわかっている。これが夢でなくても、そもそもがそういう性格なのだ。そしてこれが夢でなくても、息子の強情さにも変りはあるまい。「食べたものが逆流するって前から言ってた癖に、なんで医者へ行かなかったんだ。勝手に逆流性食道炎だなんて言って」

「ごめん。本当にそう思ってたんだ」

「あの院長がお前の職業を訊いて、お前が画家だと言った時に、あの院長、『ああ』と絶望的な口調で言っただろ。あれは定期検診を受けていないことがわかったからだろうな」

「そうだろうね。僕はあれ以前に、ステージ4と言われた時でもう覚悟してたけど」

「やっぱり覚悟してたのか。死ぬことがわかってたんだ。最後に原宿の家へ来た時も、あの前の晩の食事が咽喉を通らなかったのに何度も吐きに行きながら苦しいのを我慢してたんだ。その癖わしの足の痛みの原因をネットで調べてくれた。調べてくれた通り、あれは痛風だった。あの朝帰って行ったうしろ姿がお前の最後の見納めになった。ちらっと見ただけだが苦痛で人相が変ってしまっていた。お前あの朝は、わしにそんな顔を見せたくなくてこっちを向かなかったんだろ」

息子は微笑を浮かべ、俯き加減のままで無言だ。だんだん言葉数が少くなって行くように思う。姿も薄れていくように思える。もう夢も醒める間際なのかと思い、おれは何か言わねばと焦る。

「しかし、なんで癌なんかになったんだろうなあ」

「さあ。なんでかなあ」

「新聞連載の挿絵を頼んだ時、わしは水彩画でもいいと言った筈だ。だけどお前は蜜蠟画で描くと言って、結局百数十枚全部を蜜蠟画で描いた。あれ、腹這いでないと描けないから胸が痛いなんて言ってたが、あれでおかしくなったんじゃないのか」

「違うよ。僕のは食道癌だから、場所が違うよ」そしてまた、あの魅力的な苦笑。

おれは懸命に喋り続ける。喋っている間は消えないだろうと思い、まさに夢中で喋る。

「この間、昔よく通った中之島図書館の夢を見た。それから中央公会堂の地下の食堂にいる夢を見た。ああ、ここへ通っていた頃には伸輔はまだいなかったんだと思ってはっとして、それで眼が醒めたんだ。だって五十一歳だったんだもんなあ。おれの今までの一生に比べて若過ぎるよなあ。三十五年もだ。そうそう。お前、『新潮』の矢野君と現代音楽のことを熱く語りあっておったな。わしには全然わからなかった。現代音楽なんてものはわしにはまったくわからん。お前、偉いなあ」

「偉くないよ。ねえ。智子と恒至のこと、頼むよ」

おっ。喋り出しそうな気配だぞ。姿もなんとなくはっきりしてきたように見える。「ああ。それは大丈夫だ」おれは大慌てで大きく何度も頷く。「まかせとけ」

「あ。父さん」息子がおれの背後を指さして言う。「母さんが来たよ」

装画

筒井伸輔

2017 - 2019
キャンバス、ロウ、オイルパステル
各25cm×25cm
撮影：宮島径

初出

漸然山脈――「文學界」二〇一七年九月号
コロキタイマイ――「新潮」二〇一七年十一月号
白笑疑――「新潮」二〇一八年三月号
ダークナイト・ミッドナイト――「文學界」二〇一八年三月号
蒙霧升降――「群像」二〇一八年八月号
ニューシネマ「バブルの塔」――「新潮」二〇一九年五月号
レダ――「文學界」二〇一九年八月号
南蛮狭隘族――「波」二〇一九年十二月号
縁側の人――「新潮」二〇二〇年四月号
一九五五年二十歳――「野性時代」二〇二〇年七月号
花魁櫛――「モノガタリ by mercari」二〇二〇年六月三十日配信
ジャックポット――「新潮」二〇二〇年八月号
ダンシングオールナイト――「文學界」二〇二〇年十一月号
川のほとり――「新潮」二〇二一年二月号

ジャックポット

発行　二〇二一年　二月一五日
三刷　二〇二一年　五月一〇日

著者　筒《つつ》井《い》康《やす》隆《たか》

発行者　佐藤隆信

発行所　株式会社新潮社
〒一六二―八七一一
東京都新宿区矢来町七一番地
電話　編集部〇三（三二六六）五四一一
読者係〇三（三二六六）五一一一
https://www.shinchosha.co.jp

装幀　新潮社装幀室

印刷所　大日本印刷株式会社

製本所　加藤製本株式会社

ISBN978-4-10-314534-9 C0093

モナドの領域　筒井康隆

バラバラ事件発生かと不穏な気配の漂う町に〈GOD〉が降臨し世界の謎を解き明かしていく。著者自ら「最高傑作にして、おそらくは最後の長篇」という究極の小説！

世界はゴ冗談　筒井康隆

巨匠がさらに戦闘的に、さらに瑞々しく——。老人文学の臨界点「ペニスに命中」、震災とSFの感動的な融合「不在」、爆笑必至の表題作など、異常きわまる傑作集。

不良老人の文学論　筒井康隆

大江、エーコなど世界文学最前線から現代日本の気鋭作家までを縦横に論じ来り、創作裏話を打ち明け、宗教や老いをも論じ去る。巨匠14年ぶりのエッセイ集！

猛老猫の逆襲　山下洋輔

「全身全霊、しかしユーモアを忘れない、これが山下洋輔スタイル」（佐渡裕氏）。常に世界を熱狂させ続けるジャズピアニストの、即興セッション旅日記最新版！

名誉と恍惚　松浦寿輝

ある極秘会談を仲介したことから、上海の工部局警察を追われ、潜伏生活を余儀なくされた日本人警官・芹沢。祖国に捨てられた男に生き延びる術は残されているのか。

死神の棋譜　奥泉光

名人戦の日に不詰めの図式を拾った男が姿を消した。幻の棋道会、地下神殿の対局、美しい女流二段、盤上の罫、そして死神の棋譜とは——。前代未聞の将棋ミステリ。